中公文庫

十津川警部　雪と戦う

新装版

西村京太郎

中央公論新社

目次

十津川警部　雪と戦う

第一章　旧天城トンネル

1

伊豆箱根鉄道の修善寺《しゅぜんじ》駅から、バスで、約四十分乗ると、天城《あまぎ》峠に着く。

小説「伊豆の踊子」で有名な天城トンネルのある場所である。

現在は、峠の下に、新天城トンネルが出来て、観光バスも、自家用車も、そちらの道を走る。

現在、あまり使用されていない旧天城トンネルを、わざわざ、見に来る観光客は、あまりいなかった。来ても、ほとんどは、ハイカーで、この古びたトンネルを見に来るためにだけ、わざわざ車をとめて、旧街道を歩く人は、いなかった。

十一月に入り、温暖で知られる伊豆も、山間《やまあい》は、寒くなってきて、旧天城トンネルを見に来る観光客は、一層、少なくなってくる。

十一月五日の午後三時半頃、人の気配のない旧天城トンネルで、突然、爆発が、起きた。レンガ積みのトンネル入口から、閃光《せんこう》と、爆発音が走り、がらがらと、崩れ出した。それと合せて、もうもうと、土煙りが噴き出した。

この爆発を目撃していたのは、東京から、観光に来ていた二人の女子大生だった。

二人は、伊豆の紅葉を求めて、バスを途中で降りて、旧街道を歩いて来て、このトンネルをくぐり抜けるつもりだったのである。

五十メートルほど、手前まで歩いて来たとき、突然、どーんという音と共に、地面が揺れ、トンネルが崩れて、土煙りがあがるのを見た。

二人は、驚いて、引き返し、峠下の通りに出て、この異変を知らせた。

所轄の大仁《おおひと》警察署から、パトカーが、駆けつけたのは、二十七分後である。

パトカーから、降りた二人の警官は、最初、旧天城トンネルが、老朽《ろうきゅう》化《か》したため、天井部分が、崩れ落ちたと、考えていたらしかった。

しかし、二人の女子大生の話を聞いている中に、トンネル内で、何か爆発があったらしいと、思うようになった。

閃光を見、爆発音を聞いたと、彼女たちが、証言したからである。実際に、トンネルに来てみると、こちら側の入口から五、六メートルほどのところで、天井が崩れ落ち、土砂と、レンガが、トンネルを塞《ふさ》いでしまっていた。

それに、硝煙《しょうえん》の匂いがした。

警官は、取りあえず、トンネルの入口に、「危険通行止」の立札を立てたあと、車の無線電話で、状況を報告した。ただの事故ではなく、爆破されたらしいと、意見も、そえてである。

静岡県警では、その報告を重視して、二人の女子大生を、大仁警察署に呼んで、詳しく話を聞くことになった。

彼女たちの名前は、上条ゆき、森田みどりで、同じS大国文科の三年生だった。二人は、昨日、修善寺温泉に一泊し、今日は、ハイキングコースを歩いて、河津《かわづ》へ出る予定だったと、いった。

「閃光を見たそうだね？」

と、三浦という警部が、二人に、きいた。

上条ゆきが、

「あのトンネルって、暗いでしょう。その穴の奥の方から、どういったらいいのかな。稲光りみたいなものが走ったのよ」

「その直後に、どーんという爆発音がした？」

「ええ。あとは、トンネルの中が崩れて、土煙りがあがって」

「地面も揺れたわ」

と、森田みどりが、いった。

「多分、トンネルの中で、爆発物が、破裂したんだろうね」

「じゃあ、誰かが、そんなことをしたっていうの？」

と、ゆきが、眼をむいて、三浦を見た。

「多分、そうでしょうね」

「でも、誰が、そんなバカなことをするのかしら？　今、実際に使われているのは、峠の下のトンネルの方でしょう？　そっちを爆破するのなら、わかるけど」

と、みどりが、首をかしげた。

「犯人の動機は、まだ、われわれにも、わかりませんがね。とにかく、人為的な力で、旧天城トンネルが、崩されたことは、間違いないんです。それで、あなた方に、聞きたいんだが、お二人の前に、あの旧道を、河津の方へ歩いて行った人は、見ませんでしたか？」

と、三浦警部が、きいた。

「どうだったかなァ」

二人の女子大生は、顔を見合せて、考えている。

「あなた方は、確か、修善寺から、バスで、天城峠へ、やって来たんでしたね？」

「ええ」

「バスを降りてからは？」

「旧街道に入って、天城トンネルを抜けて、河津へ出るつもりだったわ」

と、みどりが、いった。

「一緒に、バスから降りた人は、いましたか？」

「いえ。あたしたち二人だけだったわ」

「すると、犯人は、バスで、行ったんじゃないんだな」

と、三浦は、呟《つぶや》いてから、

「あの旧街道の途中でもいいし、トンネルが、崩れたあとでもいいんだが、誰か、見なかったかな？　男か女か、子供でも――」

と、二人に、きいた。

ゆきは、あっさり、「見なかったわ」と、いったが、みどりの方は、

「見たわ」

と、違うことを、いった。

「あんた、何か見たの？」

と、ゆきが、びっくりした顔で、きいている。

「ええ。あんたが、立ち止って、峠の下の方を写真に撮ってたときよ」

と、みどりが、いう。

三浦は、彼女に向って、

「詳しく、話してくれませんか？」

「トンネルの入口近くに、トイレがあるんです」

と、みどりは、改まった口調で、いった。

「ああ、ありますね」

「そこから、男の人が、飛び出して来て、トンネルに、駆け込んで行ったの」

と、みどりは、いった。

「そのあとで、爆発があって、トンネルが、崩れたんですね？」

「ええ」

「その男が、トンネルに入ってから、爆発があるまで、どのくらいの時間がありました？」

と、三浦は、きいた。

「あたしは、ゆきが、写真を撮るのを待ってて、それから、トンネルに向って、歩き出したんだから、七、八分は、あったと思うわ」

と、みどりは、いった。

旧天城トンネルは、確か、歩いて通り抜けるのに、三分から四分かかる筈《はず》である。とすると、その男は、爆発があった時、反対側に、通り抜けている筈である。

「どんな男でした？　詳しく、話して下さい」

と、三浦は、いった。

「どんなといっても、かなり離れていたし、トンネルに駆け込む後姿を見ただけだから」

「背の高い男でしたか？」

「一七〇センチくらいじゃないかな」

「服装は？」

「赤っぽいハーフコートを着ていたみたいだったわ」

「他には？」

「そのくらいしか覚えてないわ。年齢？　身のこなしからも、三十歳くらいなのかな」

「手に何か持っていましたか？」

「どうだったかなあ。何も、持ってなかったと思うけど」

と、みどりは、いった。

「その男は、トンネルに駆け込んで行ったと、いいましたね？」

「ええ」

「歩いて入って行ったのではなく、走って行ったんですね？」

「ええ」

「あわてた感じだった？」

「と、思うんだけど。普通、トンネルを抜けるのに、走ってなんか行かないでしょう？」

「そうですね」

と、三浦は、肯《うなず》いた。

（その男が、トンネルを、爆破したのだろうか？）

トンネルに飛び込んでから、爆発物を仕掛けたのではあるまい。それでは、自分も、死んでしまうだろう。

とすれば、爆発物を仕掛けておいてから、トンネル入口近くのトイレに入っていた。

そこへ、女子大生二人が、やって来るのが見えたので、あわてて、トンネルに駆け込み、時限装置のスイッチを入れて、反対側に、通り抜けた。何分後かにしておけば、自分も、女子大生も、傷つかずにすむと、考えたのかも知れない。

（とすると、犯人は、純粋に、あのトンネルを、爆破することだけが目的で、人を傷つけることは考えてなかったということになるのだが——）

と、三浦は、考えた。

2

静岡県警では、建設局土木課の協力を得て、爆破された旧天城トンネルの状況を、調べることになった。

トンネルの両側から、調査が、行われた。修善寺側から、五、六メートルのところに、爆発物が仕掛けられたらしく、その部分は、完全に、塞がってしまっている。崩れた土砂の量は、大型ダンプ五十台分くらいと、目算された。

現在、あまり使用されていないトンネルだが、それでも、天城峠は、小説の影響で、名所になっている場所である。

そこで、県が、修理に当ることになった。

県警では、犯人を、見つけて、逮捕しなければならない。

今のところ、わかっているのは、女子大生の森田みどりが、目撃したという男のことだけである。

三十歳くらい。身長は一七〇センチくらいで、赤っぽいハーフコートを着ていた。それだけなのだ。

わからないのは、動機だった。犯人は、なぜ、旧天城トンネルを、爆破したのだろうか？

いわゆる劇場型犯罪とは、思えなかった。

それなら、もっと、交通量の多い、有名なトンネルを狙うだろう。その方が、マスコミの取り上げ方も大きいし、被害者が沢山《たくさん》出れば、テレビ局だって、駆けつけるに違いないからである。

もし、犯人が、愉快犯なら、間違いなく、そちらのトンネルを、選ぶ筈である。

旧天城トンネルは、確かに、有名ではある。が、観光客が訪れる程度のトンネルである。

爆破しても、実害はないのだ。

それなのに、なぜ、犯人は、爆破したのだろうか？

そこが、県警にも、三浦警部にも、わからなかった。

その日の夜、大仁警察署で開かれた捜査会議でも、その点が、問題になり、議論が百出した。

一番多かった意見は、犯人が、自分の作った爆発物の威力を試そうとしたのではないかというものだった。

それなら、あまり使われなくなった旧天城トンネルを選んだことが、納得できるからである。

次に多かったのは、天城に、何か恨みがあったのではないかという意見だった。旧天城トンネルは、犯人にとって、象徴的な意味を持っていたので、犯人は、トンネルを、爆破して見せたというのだ。

他にも、いろいろと、意見があった。

例えば、旧天城トンネル内に、何か財宝が隠されていると信じた人間が、爆破して、それを取り出そうとしたのではないか、といった意見まで出た。

心中説も出た。

文学好きの男女が、天城峠を歩いた末に、結ばれた。伊豆の踊子のトンネルの恋というわけである。

ところが、そのあと、女が、心変りした。怒り、絶望した男は、自分たちの思い出のトンネルで、彼女ともども、自殺を図ったのではないか。トンネルの中で、トンネルと一緒に、死んでしまったのではないか。

もし、この推理が当っていれば、崩壊した土砂と、レンガの下に、男女の死体が、埋っていることになる。

小型のパワーシャベルカー二台が、投入されて、トンネルの修復が、始った。

しかし、これが、なかなか、はかどらなかった。もともと、古いトンネルだった。そこへ、爆発があったので、崩れた土砂やレンガを取り除こうとすると、天井や、側壁が、また、崩れてくるからだった。

途中で、いっそのこと、旧天城トンネルは、潰《つぶ》してしまおうという考えが、生れてきた。

それを聞きつけて、反対運動が起こり、更《さら》に、人手が増やされて、側壁や、天井を、補強しながらの、崩れた土砂、レンガの取り除き作業が、行われた。

三週間かかって、やっと、崩れた土砂、レンガの除去が、終了した。

死体は、なかった。心中ではないかという推理は、この時点で、消えたのである。

そして、運び出された土砂とレンガの中から、爆発物の破片が、発見された。

時限装置に使われたと思われる時計の破片もである。

県警は、その結果について、十一月二十九日に、発表した。

それによると、使用された爆発物は、ダイナマイトで、その量は、五本から、七本と思われるというものだった。

だが、犯人は、依然《いぜん》として、わからないままだった。

３

東京でも、この事件は、話題になった。やはり、「伊豆の踊子」の舞台になったトンネルが、爆破されたためだった。

警視庁捜査一課の十津川《とつがわ》も、川端康成《かわばたやすなり》の小説が好きだっただけに、この事件には、興味を持った。

彼の疑問は、誰が、何のために、旧天城トンネルを、爆破したのかということだった。

彼の部下も、同じ疑問を持ったらしく、事件がない時に、

「犯人は、男のようですが、動機がわかりませんね」

と、十津川に、いったりした。

「動機がわからないと、犯人の特定も難しくて、静岡県警も、苦労しているらしいよ」

と、十津川も、いった。

十二月一日の午後に、都内の世田谷のマンションで、殺人事件が、発生した。

殺されたのは、若い女だという報告を受けて、十津川は、亀井《かめい》たちを連れて、現場に、急行した。

バス停の近くの七階建のマンションだった。その５０６号室だった。

１Ｋの部屋は、若い女のものらしく、華やかに、飾られていて、その六畳の部屋の中央で、女は、セーター姿で、うつ伏せに倒れていた。

背中を刺され、白いセーターと、花模様のじゅうたんに、流れた血が、赤いしみを作っている。

「被害者の名前は？」

と、十津川は、死体を見下して、きいた。

西本刑事が、運転免許証を見つけ出して、

「これによると、被害者は、森田みどり、二十一歳ですね」

と、十津川に、いった。

「森田みどり？　どこかで、聞いた名前だな」

「確か、旧天城トンネルの爆破の目撃者と同じ名前ですわ」

と、北条《ほうじょう》早苗《さなえ》刑事が、いった。

「そうだ。目撃者が二人いて、その一人の名前だ」

と、十津川は、肯いた。

「同一人物かどうか、調べてみましょう。確か、目撃者は、二人とも、大学生ということですから」

と、日下《くさか》が、いった。

刑事たちは、机の引出しや、洋ダンスの引出しなどを調べていたが、日下が、学生証を見つけた。

「間違いありません。S大国文科の三年生です。同一人物と見ていいと、思いますね」

と、日下は、その学生証を、十津川に見せた。

「犯人を見たのは、一人だったね」

と、十津川は、新聞記事を思い出しながら、いった。

「確か、ここに死んでいる、森田みどりの方だと思いますわ」

と、早苗が、いった。

「そうだ。思い出したよ。もう一人は、上条ゆきという名前で、同じ大学の仲間だったんだ」

と、十津川は、いった。

「そのために、殺されたんですかね？」

亀井が、自分でも、自信がないらしく、小声で、いった。

「それは、どうかな。静岡県警の発表では、犯人と思われる男の後姿しか、見ていない筈だからね。それに、今まで、殺されなかったんだ。犯人が、目撃者を消すのなら、あの事件の直後に、消しているんじゃないかな」

と、十津川は、いった。

「その後、彼女が、何か、大事なことを、思い出したのかも知れませんよ」

と、亀井が、いう。

「旧天城トンネルの爆破は、どんな罪になるのかね？」

十津川は、部屋の天井を見上げるようにして、いった。

「建造物破壊の罪というやつでしょうね。人命は、失われていませんし、あのトンネルは、現在、あまり使用されていないものですからね。そんなに重い罪には、ならないんじゃありませんか」

と、亀井が、いった。

「だろうね。あのトンネルは、有名ではあるが、別に、重要文化財でもないしね」

「そうです」

「それでは、口封じにこの女子大生を殺して、殺人罪を背負うのは、割の合わない話だね」

「そうです。ただ、犯罪は、計算して、行うというものでもありませんが――」

と、亀井は、いった。

確かに、亀井のいう通りだと、十津川も思っている。

微罪を隠すために、殺人を犯す人間もいるのを、十津川は、知っている。その人間の置かれた社会的立場にもよるのだ。

聖職者と呼ばれる人は、万引きのような微罪でも、社会的に、葬《ほうむ》られてしまうだろうが、そんなことでは、びくともしない人間もいる。

それは、わかるのだが、今回の問題では、どうも、あのトンネル爆破を隠すために、殺人を、犯すとは、考えにくかった。

「とにかく、先入主を持たずに、捜査を進めてみよう」

と、十津川は、いった。

捜査本部が、成城《せいじょう》警察署に置かれた。

死体は、司法解剖のために、大学病院に、運ばれた。

西本と、日下が、被害者の住んでいたマンションの住人や、管理人から聞き込みを、行った。

十津川と、亀井は、被害者と同じS大の同級生たちから、話を聞くことにした。

その中には、一緒に伊豆へ行った上条ゆきも、いた。

高校からの友だちだという上条ゆきは、青い顔で、十津川たちの質問に、答えてくれた。

「昨日、学校の帰りに一緒にラーメンを食べて、冬休みのアルバイトのことで、話し合ったんです」

　と、ゆきは、いった。

「アルバイトの、どんなことですか？」

　と、十津川は、相手の気持を考えて、努めて、優しく、丁寧《ていねい》な口調で、質問した。

「情報の交換ですわ。なるべく、お金になるアルバイトはないかみたいなことを」

　と、ゆきは、いう。

「その時、彼女は、何かを恐れているとか、誰かに、脅《おど》されているといった感じは、ありませんでしたか？」

「ありませんでした」

　ゆきは、堅い表情で、いった。言葉遣いもかたい。

「確か、一ヶ月ほど前に、彼女と、二人で、伊豆へ行きましたね？　そして、旧天城トンネルが、爆破されるのを、目撃したんでしたね？　新聞にも、あなた方の名前が出ているのを、見ましたよ」

　と、十津川は、いった。

「ええ。見たんです。びっくりしました。そのことと、今度のことが、何か関係があるんですか？」

今度は、ゆきの方が、十津川に、きいた。

「それは、まだ、わかりません。あのあと、彼女と、そのことについて、話し合ったことは、ありますか？」

と、十津川が、きいた。

「ええ。時々」

「どんな話をしたんですか？」

「なぜ、あんなバカなことをしたのか、あたしも、彼女も、不思議だったんです。何のトクにもなりませんものね」

と、ゆきは、いった。

「彼女は、犯人らしい男を見たんでしたね？」

「ええ。でも、あたしは、見てないから、彼女の見た人が、果して、犯人かどうか、わかりませんわ」

「彼女がいったのは、三十歳ぐらいの男で、背は一七〇センチぐらい、赤っぽいハーフコートを着ていたということなんです。これは、例のトンネルが、爆破された直後に、彼女が証言しているんです」

「その後、彼女が、犯人について、何か思い出したことがありましたか？　例えば、スラックスや、靴の色を思い出したとか、走る時、こんな癖があったとかですが」

と、十津川は、いった。

「ええ」

ゆきは、首を横に振って、

「彼女から、そういうことを、聞いたことは、ありませんわ」

と、いった。

「彼女に、恋人はいましたか？」

と、十津川は、話題を変えてみた。

「グループでつき合っていた男の子はいたけど、特定の恋人は、いなかったと、思います」

と、ゆきは、答えた。

「金銭的に、困っていたことは？」

と、亀井が、横から、きいた。

「余裕があるほどじゃなかったけど、困っていたということは、なかったと、思いますわ。親に、マンション代を出して貰っていたし、別に、月々、仕送りを受けていたから」

と、ゆきは、いった。

「彼女の性格を、話してくれませんか」

と、十津川が、いった。

「あたしは、ルーズな性格だけど、彼女は、きちんとしていて、几帳面《きちょうめん》でしたわ。だから、逆に、仲よく出来てたんだと思いますけど」

「あなたは、トンネル爆破の犯人に出会ったら、どうしますか？」

と、十津川は、きいた。

「あたしが？」

と、ゆきは、短く、いってから、

「多分、なぜ、あんなことをしたのかって、聞くと思う」

「みどりさんなら、どうしたと思いますか？」

と、十津川は、続けて、きいた。

「みどりは、どうするかなあ」

と、ゆきは、考え込んだが、

「彼女、まじめだから、きっと、警察に自首しなさいって、いうと思います」

「警察にね？」

「ええ」

と、ゆきは、肯いた。

4

地道な聞き込みも、並行して、進められた。

森田みどりと同じマンションに住んでいる人間の中に、犯人がいるのではないかという考えもあった。

1Kの部屋が多いマンションで、独身の男女が、多く住んでいる。以前、マンションに独り暮しの若い女性が殺された事件があり、その時の犯人は、隣室の二十五歳のサラリーマンだった。

そのことがあるので、この捜査には、力を入れた。

同じマンションには、十八人の独身男性が、住んでいる。刑事たちは、その一人一人について、アリバイを、調べた。

司法解剖の結果によれば、森田みどりの死亡推定時刻は、十二月一日の午後一時から、二時の間だった。

普通のマンションなら、住人がいる時間帯だが、単身者の多いマンションでは、住人のほとんどいない時間である。サラリーマンも、ＯＬも、学生も、それぞれ、会社や、学校へ、行っている時間だからである。

森田みどりは、この日、たまたま、カゼをひいて、大学を休んでいた。犯人が、それを知っていて、侵入したのか、それとも、偶然だったか、わからないが、このマンションでは、午後一時から二時は、もっとも、人のいない、静かな時間だったのである。

十八人の独身の男たちは、全員が、マンションにいなかったと、主張した。

十一人のサラリーマンは、会社にいたといい、七人の大学生は、大学にいたと、証言した。

刑事たちは、その一人一人について、事実関係を、調べていった。

根気のいる仕事だったが、丸二日かかって、全員のアリバイを調べ、シロであることが、わかった。

マンションの管理人は、五十八歳の男で、コスモスという会社から、派遣されて来ていた。

午前十時から、午後五時までが、勤務時間だったが、二つのマンションを、かけ持ちで、十二月一日は、午前中が、成城のこのマンション、午後は、歩いて十五、六分の別のマンションの管理に、当っていた。

そちらのマンションは、２ＤＫが主力で、世帯持ちが、住人の大半を占め、その住人たちに聞くと、十二月一日は、午後からずっと、管理人は、部屋にいたという証言を得た。

容疑者は、次々と、消えていった。

捜査の中で、犯人像について、顔見知りに違いないという意見と、いや、そうとばかりはいえないという意見が、出た。

顔見知り説の根拠は、用心深い被害者が、平気で、犯人を、部屋に入れたということである。行きずりの人間なら、ドアを開けて、部屋には入れなかったろうというわけである。

同じマンションの住人や、管理人なら、被害者も、ドアを開けたろうと考え、刑事たちは、まず、マンションの男の住人と、管理人を調べたのだが、これは、全員に、アリバイが、成立してしまった。

次に、念のため、女の住人にも、捜査の網を広げた。背中の刺傷は、深いものなので、犯人は男と考えたのだが、女でも、力の強いものがいると、考えたからである。

しかし、このマンションに住む女性たちにも、アリバイは、成立した。

十津川は、顔見知り以外の人間にも、範囲を広げた。

犯人が、郵便配達や、宅配便を名乗って、ドアを開けさせたことも、考えられたからである。

三ヶ月前、これは、殺人ではなく、暴行事件だったが、マンションに一人住いの若い女が、宅配便といわれて、ついドアを開けて、犯人に、入られてしまったことがあったのだ。成城周辺で、似たような事件が起きていないかどうかを、十津川は、調べさせた。暴行目的が、抵抗されて、ナイフで刺したということも、考えられたからだった。しかし、それらしい事件の発生は、見られなかった。捜査は、長引きそうな気配に、なってきた。

5

十二月に入って、北の各地に雪が降り始め、スキー・シーズンが到来すると、越後《えちご》湯沢《ゆざわ》では、上越新幹線の「ガーラ湯沢」駅が、オープンする。

ＪＲが、スキー・シーズンの間、スキー客のために作った臨時駅である。臨時駅といっても、巨大な、ドームを思わせる駅で、何百という数を揃えたスキーや、スキー靴のレンタルショップ、吹き抜けのカフェテリア、レストランなどがあり、特に、列車を降りて、改札口を出たところが、ホテルのフロントのようなレセプションカウンターになっている。

ここで、リフト券、ロッカー券を買うことが、出来る。

スキー客は、手ぶらで、やって来て、レンタルショップで、スキーを借り、ゴンドラに乗れば、高津倉山《たかつぐらやま》（標高一一八一メートル）の山腹まで、運んでくれる。

この中腹には、これも、ＪＲ経営の、レストハウスがある。ここから、更に、リフトに乗れば、山頂近くまであがって、スキーが楽しめるのだ。

越後湯沢駅から、ガーラ湯沢駅までは、わずか列車で三分の近さである。

十二月十六日も、ガーラ湯沢駅は、東京方面からの若いスキー客で、賑《にぎ》わっていた。

上野駅から、上越新幹線の「あさひ」に乗れば、八十二分で、ガーラ湯沢に着く。ゆっくり滑り、レストランで食事をしても、日帰り出来る。

この日は、ウィークデイだったが、それでも、スキー客が、押しかけていたのは、そんな手軽さが、受けているのだろう。

ガーラ湯沢駅から出ている八人乗りのゴンドラは、片道大人七〇〇円、子供三五〇円である。

ゴンドラは、六分で、高津倉山の中腹のレストハウスまでの一五三九メートルの距離を運んでくれる。

そのゴンドラの一つが、突然、爆発した。

午後一時半を過ぎた時である。

中腹にあるレストハウス「チアーズ」から、ガーラ湯沢へ下りるゴンドラだった。

それに、午後一時半という時刻のせいで、このゴンドラには、若いカップル一組しか乗っていなかった。

爆発は、小さなものだったが、ゴンドラの窓ガラスは、粉々に砕けて、乗っていたカップルに、降りかかり、それで、顔に怪我《けが》をして、血が噴き出した。

全《すべ》てのゴンドラが、その瞬間空中で、停止し、緊急事態を告げるランプがついた。

6

爆発したゴンドラの滑車が、ロープから、外れかかっていた。このまま、動かせば、ゴンドラは、外れて、落下する危険があった。

すぐ、警察と、消防署に、連絡がとられた。

ゴンドラの運転室にいた係員は、電話で、警察の問い合せに対して、現在の状況を、説明した。

双眼鏡で見ると、問題のゴンドラの中で、血まみれの乗客が、手を振って、助けを求めているのが見えた。

パトカーと、救急車が、ほとんど、同時に、駆けつけた。

まず、負傷している二人を、助け出すのが、先決だった。

幸い、爆発のあったゴンドラは、ガーラ湯沢の運転室の近くまで、下りて来ていた。

冬山の遭難者救助に当る専門家が呼ばれて、ロープ伝いに、問題のゴンドラに、乗り込むことになった。

二人の隊員が、救急薬品を持って、ゴンドラを吊《つ》り下げているロープを伝って、進み始めた。

山頂から、吹きおろす風で、ロープが、揺れる。ガーラ湯沢の職員に、野次馬が混って、一斉に、見上げている。

二人の隊員は、問題のゴンドラに近づき、乗り込んだ。

とたんに、ゴンドラが、ぐらりと揺れた。外れかけた滑車が、また、一層、ロープから、外れかかったのだ。

カップルは、床にうずくまっていた。隊員が、

「大丈夫か？」

と、声をかけると、女は、小さく肯く。男の方は、自分の耳を指さして、首を横に振った。爆発で、耳が一時的に、聞こえなくなったらしい。

男は、爆発物の近くにいたのだろう。頭から、血を流している。

隊員たちは、簡単に、血を拭《ふ》き、消毒して、包帯をまいた。女の方は、意外に元気だった。手を振っていたのも、彼女だった。

次は、彼等を、下におろすことだった。

非常用の脱出ハッチが、床にある。それを開け、彼等をおろす作業に取りかかった。

ぐらぐら揺れるゴンドラの中での作業は、難しかった。

直下の雪の上には、消防署の救急隊員が、担架《たんか》を持って、待機している。

雪上車も、待機した。負傷者を、すぐ、病院に運ぶためだった。

上と下で、トランシーバーで、連絡を取りながらの作業になった。

負傷者を、一人ずつ、ロープを使って、ゆっくりと、下におろす。

一時間近くかかって、やっと、二人の負傷者が収容されると、見ていた野次馬の間から、拍手が、起きた。

新潟県警が、本格的に、捜査を開始したのは、更に、二時間後である。

問題のゴンドラは、すでに、ガーラ湯沢のホームに、収容されていた。

県警の中田という若い警部が、この事件の捜査に当ることになった。

捜査一課の中田が、担当したのは、二人の男女が、負傷しており、殺人未遂の可能性があったからである。

もちろん、爆発物処理の専門家も、合同で捜査に当った。

専門家たちが、爆発のあったゴンドラの内部を調べている間、中田は、部下の刑事と、負傷したカップルが収容された町内のK病院に向った。

犯人が、ゴンドラそのものを狙ったのか、問題のゴンドラに乗っていたカップルを狙ったのか、わからない。

K病院に着いて、医者に聞くと、女の方は、元気で、質問に、答えられると、いわれた。

中田は、病室で、彼女に会った。

女の名前は、小笠原明美。東京の人間で、N大の三年生だという。

連れの男は、同じ大学の先輩で、現在、M銀行に勤めていると、彼女は、いった。男の名前は、関口悠。

明美は二十一歳。関口の方は、二十六歳。

「二人は、恋人同士なの？」

と、中田が、きくと、明美は、笑って、

「そんなものかな」

「君か、彼が、誰かに恨まれているということはないかな？」

と、中田は、きいた。

「そんなことは、ないと思いますけど。そんなに好かれているとは思わないけど、嫌われているとも、思いませんわ」

と、明美は、いう。

頰のあたりに、傷があるのは、ガラスの破片で切ったのだろう。

「いつから、スキーに来てたのかな？」

「昨日から。今日、帰ることになってたんです。彼の休みが、二日しかとれなかったから」

と、明美は、いった。

学生証も見せてくれたし、帰りの新幹線の切符も、持っていたから、彼女のいうことは、本当と見ていいだろう。

中田は、所轄の六日町《むいかまち》警察署に戻ると、東京の警視庁に、小笠原明美と、関口悠の身辺調査を、依頼した。

明美は、心当りはないといったが、意外なところで、他人《ひと》から、強く恨まれているかも知れないからである。

ゴンドラの調査は、順調に、進んでいた。

爆発物は、小さな箱に入れられて、ゴンドラの隅に置かれていたと、考えられた。

その容器は、アルミ製で、中には、ダイナマイト一本と、目覚時計を利用した時限装置が、仕掛けられていたに違いない。

ゴンドラは、窓が大きく、爆発と同時に、その窓ガラスが、砕けたため、爆風が、拡散して、ゴンドラは、ゴンドラ自体と、乗っていたカップルは、傷が少くてすんだのだろうという意見が出た。

入院しているカップルに確認すると、確かに、ゴンドラの床に、アルミの箱が置かれていたが、工具でも入っているのだろうと思って、気にしなかったと、証言した。

翌日、警視庁からの回答が、ＦＡＸで、六日町警察署に、届いた。

〈小笠原明美と、関口悠の件について、調査の結果を、報告します。

明美は、千葉県船橋市の生れで、父親は、市役所に勤める公務員、母親は専業主婦。

兄の市郎は、すでに結婚して、千葉市内に、住んでいます。

明美は、Ｎ大の近くに１Ｋのマンションを借りて、住んでいます。フランス文学の専攻で、成績も中ぐらいの、平均的な女子大生といえると、思います。

性格は外向的で、友だちも多く、他人に恨まれる感じは、ありません。

関口悠は、同じＮ大の卒業で、現在、Ｍ銀行大泉支店に勤務しています。預金獲得競争では、支店内で三位で、支店長は、将来性ありといっています。

二人が知り合ったのは、去年十月のN大の学園祭の時で、今年の夏には、二人だけで、沖縄旅行をしています。しかし、二人とも、将来、結婚するかどうかは、わからないと、友人たちにはいっているようです。

これまで調べた限りでは、二人が、他人に恨まれている気配はありません〉

「どうも、爆発犯人の目的は、彼等を殺すことじゃないみたいだな」

と、署長が、中田に、いった。

「そうですね。爆発物調査班の報告でも、ゴンドラに乗っている乗客を、確実に殺す目的なら、もう少し、強力な爆発物を、使ったろうということでした。ダイナマイト一本というのは、爆発させて、驚かせるのが、目的ではないかというわけです」

と、中田は、いった。

「驚かせて、どうしようというのかね？」

と、署長が、不快げに、きいた。

「犯行声明の手紙なり、電話があれば、犯人の目的が、わかるんですが」

「JRや、ガーラ湯沢への嫌がらせかな」

と、署長は、いった。

越後湯沢の冬は、温泉か、スキーである。そのスキー客を、ガーラ湯沢に取られた業者が、その腹いせに、ゴンドラを爆破したということも、十分に、考えられた。

ガーラ湯沢のゴンドラが危いという噂《うわさ》が立てば、ここを利用するスキー客は、間違いなく、減るだろう。

だが、あり得るというだけで、証拠はなかった。

中田は、周辺の業者を調べてみたが、犯人と思われる人間は、見つからなかった。

嫌がらせにせよ、乗っていたカップルを狙ったにせよ、ゴンドラに、爆発物を仕掛けた犯人がいたのである。

中田は、爆発があった午後一時半前後に、ガーラ湯沢の中でか、或《ある》いは、ゴンドラと結ばれているレストハウス「チアーズ」の中で、挙動不審の人物がいなかったかどうか、或いは、例のアルミ製の箱を持っている人間を見た人はいないか、聞き込みを始めた。

事件そのものは、冬のスキー・シーズンに起きたということで、マスコミが、取材に、押しかけてきた。

そのせいもあって、中田が、聞き込みをすると、やたらに、噂が、飛び込んできた。

アルミの箱を抱え、血相を変えて走っている男を見たというスキー客もいれば、若い女が二人で、ゴンドラの中で、ひそひそと、何かしているのを見たという者も出てきた。どの噂も、調べていくと、みんな作り話だった。テレビに映りたいので、相手が、喜びそうな嘘《うそ》をついたというのである。その上、嘘をついたことに、罪悪感を持っていないから、中田たちも、やりにくくて、仕方がない。

　JRは、スキー・シーズンの、かき入れ時というので、必死に、ゴンドラの修復を図り、翌日の午後には、運行が、再開された。

別ない方をすれば、それだけ、爆発が小さく、破壊も軽微だったということでもある。ガーラ湯沢では、人気が落ちることを心配したが、ゴンドラが動き出すと、元通り、スキー客が、押しかけて来て、ほっとさせた。

ただ、中田たちだけは、依然として、容疑者が見つからず、苦労していた。事件が、起きた以上、犯人を、逮捕しなければならないのに、聞き込みも、効果はなく、ダイナマイトや、時限装置に使われた目覚時計からの追跡も、犯人には、辿《たど》りつけなかった。

　三日、四日と過ぎる中に、早くも、迷宮入りの噂が、出はじめたのである。

　JR東日本や、ガーラ湯沢駅に対する脅迫があるのではないかと、JR側も、地元警察も、身構えていたのだが、それもない。

ガーラ湯沢が主催する、さまざまなスキーのイベントも、計画通り、行われることになった。

〈ゴンドラ爆破は、いったい何だったのか？〉

と、五日目に、新聞は、書いた。

犯人の目的が、わからないというのである。

八人乗りのゴンドラで、ダイナマイトを一本爆発させたくらいでは、ゴンドラは、破壊できない。

新聞が、「犯人の目的がわからない」と、書いたのも、もっともだった。

中田たち捜査員も、この事件の犯人を追うことが、次第に、馬鹿らしくなってきていた。

7

だが、この事件に注目した人間がいた。

東京で、殺人事件を捜査している十津川だった。

いや、十津川だけでなく、亀井も、同じだった。

越後湯沢で、ゴンドラが、爆破された翌日、亀井が、事件を報じた新聞を、十津川に見せて、

「これを、ごらんになりましたか？」

と、いった。

十津川は、微笑して、

「見たよ」

「今のところ、犯人は、ゴンドラを破壊する気でも、乗っているスキー客を殺す気もなかったようだと、書いています」

「それに、JR東日本を、ゆすってもいない」

「そうなんです」

「カメさんは、旧天城トンネルの事件を思い出したんだろう？」

「警部もですか」

と、亀井は、ニヤッとした。

「形としては、一見、別の感じを受けるが、新聞で見た時、似ていると、直感したんだよ」

と、十津川は、いった。

二日、三日と、過ぎると、十津川と、亀井の確信は、一層、強いものになっていった。新潟県警の関心が薄くなって、迷宮入りがささやかれるようになるのとは逆に、十津川と、亀井二人の、この事件に対する関心は、膨《ふく》らむばかりであった。

「間違いありませんね。ゴンドラ爆破の犯人は、旧天城トンネル爆破と、同じ人間ですよ」

と、亀井は、眼を光らせて、十津川に、いった。

「カメさんは、いやに、嬉しそうじゃないか」

と、十津川は、微笑した。

「そりゃあ、嬉しいですよ。私は、確信したんです。この犯人は、こちらの女子大生殺しとも、同じ人間ですよ。だから、嬉しいんです」

と、亀井は、いった。

「多分、カメさんのその推理は、大当りだと、思うよ」

と、十津川は、いった。

森田みどり殺しの捜査は、壁にぶつかってしまっていた。

彼女の周辺を、いくら調べても、容疑者が浮んでこないからだった。彼女の友人、知人関係は、調べつくしてしまった。同じマンションの住人もである。

そのくせ、被害者の部屋を、犯人が物色した様子は、ない。金目当てに、入り込み、殺したわけでもないのだ。

そうなれば、旧天城トンネルが、爆破された時、彼女が、犯人らしい男の後姿を目撃したことしか、考えられなくなっていた。

ただ、あまり使用されてないトンネルを爆破したのを、目撃されて、それも、後姿を、見られたくらいで、なぜ、殺したのかという疑問が、残っていた。

その疑問が、消えた、というか、その疑問への答が見つかったような気がしたのである。

だから、亀井は、喜んでいるし、十津川も、ニコニコしたのだった。

十津川は、上司の三上と会って、

「カメさんと、越後湯沢へ行かせて下さい」

と、いった。

「越後湯沢へ、何しに行くんだ？」

と、三上部長は、不思議そうに、きいた。

「あそこのガーラ湯沢で、ゴンドラが、爆破されたのは、ご存知ですか？」

「それは、知ってるよ。ニュースで、やっていたからね。あれが、どうかしたのかね？」

と、三上は、きく。

「同じ犯人の可能性が、あります」

と、十津川は、いった。

「同じ犯人って、うちで捜査している女子大生殺しとかね？」

「そうです」

「証拠は？」

「ゴンドラを爆破した犯人は、伊豆で、旧天城トンネルを、爆破したのと、同一人物です」

と、十津川は、いった。

「それが、どうして、うちが追っている犯人と同一人物だという証拠になるのかね？」

と、三上は、きいた。

「私は、旧天城トンネル爆破の犯人が、東京で、女子大生を殺したのではないかと、考えていました」

「しかし、ただ、後姿を見られただけで、殺すというのは、ちょっと、考えられないんじゃないかね？　それに、いわば廃棄《はいき》されたトンネルを爆破しただけなら、大した罪にならんのに、殺人という重い罪の犯行で、口を封じるのも不自然じゃないのかね？」

「そうなんです。不自然なんです。その疑問に、答が出たんです。犯人の目的が、旧天城トンネルを爆破することだけだったら、後姿どころか、顔を正面から目撃されたとしても、目撃者を殺したりはしなかったでしょうね。身を隠してしまえば、いいんです。それで、見つかったとしても、今、部長がいわれたように、大した罪にはならんと思うからです。しかし、犯人は、旧天城トンネルを爆破するだけが、目的ではなく、次に、越後湯沢で、スキー場のゴンドラを爆破する計画だったとすれば、話は、別です。それを、するためには、絶対に、捕ってはいけないわけです。だから、危険の芽は、前もって、つみ取っておきたい、犯人は、そう考えて、森田みどりを、殺したと、考えられるのです」

と、十津川は、いった。

「確信は、あるのかね？」

と、三上は、きく。

「あります」

「だから、越後湯沢へ行きたいというのか？」

「その通りです。向うへ行けば、犯人像が、描けるかも知れません」

と、十津川は、いった。

第二章　越後湯沢

1

トンネルを抜けると雪国だった、といいたいところだが、その前から、雪が降り始めた。十津川と亀井の乗った上越新幹線の「あさひ３１１号」が、上毛《じょうもう》高原を通過した頃から、窓の外に、粉雪が舞い始めた。

「カメさん。雪だよ」

と、東京生れの十津川は、声に出した。

東北生れの亀井は、ただ、

「ええ。雪です」

と、いっただけである。

「カメさん。雪、雪」

「ええ。向うに着けば、うんざりするほど、雪が見られますよ」

と、亀井は、いった。

十津川は、自分の感動が、空廻りしてしまった感じで、黙って、雪を見ることにした。

雪は、ぱさぱさと、音を立てる感じで、窓ガラスに衝突し、水になって、流れていく。

それでも、窓ガラスにへばりつく雪片もある。よく見ると、それは、きれいな六角形の結晶になっているのだ。

あかずに、それを眺めている中に、列車は、トンネルに入った。

「間もなく、越後湯沢です」

と、亀井が、教えてくれた。

長いトンネルを抜けると、文字通り、一面の雪景色になった。

越後湯沢は、山に囲まれた温泉街で、中心に古い温泉街があり、その周囲には、真新しいマンションが林立している。山々は、雪に覆われ、ここが、温泉の町であると同時に、冬は、人気スキー場であることも、示していた。

温泉に入りながら、スキーを楽しむという謳《うた》い文句で、旧温泉郷の周辺に、続々と、リゾートマンションが、建てられた。十津川も、購入をすすめられたことがある。

東京から、新幹線で、約一時間半で、温泉とスキーが同時に楽しめる。十津川も、スキーが上手《うま》かったら、或いは、妻の直子が好きだったら、買っていたかも知れない。

だが、十津川のスキーは、素人《しろうと》に毛が生えた程度だし、妻は、興味を示さなかった。その後、バブルが崩壊し、この越後湯沢に、林立するマンションも、買い手がつかなくなり、空室が多いと、聞いたことがあった。

駅の外に出ると、除雪された通りを、スキーを担いだ若者たちが、だらだら歩いているのに、ぶつかった。

このシーズンは、静かな温泉街も、若者たちに、占領されてしまっているのだ。

越後湯沢は、川端康成の「雪国」で有名で、康成が泊ったという旅館があることを、十津川は、知っていたが、スキーを持った若者たちは、どの顔も、そんな文学的な雰囲気とは、無縁に見える。

十津川と、亀井は、まず、地元の警察で、ゴンドラ爆破事件について、詳しく、話を聞くことにした。

東京で、六日町署に電話したところ、現場から遠いので、捜査に当る刑事たちは、越後湯沢にある「湯沢幹部派出所」に行っているということだった。

二人は、そこに向った。派出所といっても、鉄筋三階建の立派な建物で、二台のパトカーが、とまっていた。

十津川と、亀井は、ここで、若い中田警部に会った。

中田は、困惑した顔で、

「犯人の狙《ねら》いが、どうにもわからなくて、困っています」

と、十津川に、いった。

「爆破されたゴンドラの方は、どうなっているんですか？」

「そのゴンドラは、外《はず》しまして、残りのゴンドラで、事件の翌日の午後から、運転を再開しています」

「負傷したカップルは？」

と、亀井が、きいた。

「二人とも、すぐ、退院できそうです。犯人は、この二人を殺す目的で、爆弾を仕掛けたとは、とても思えないので、困っているんです。残るのは、ＪＲ東日本に対する恨みの線ですが、それも、ぴったり来ません」

「その後、ＪＲに対する脅迫の電話とか、手紙は、来ていないのですか？」

と、十津川は、念のために、きいてみた。

「来ていません。それが、来れば、不謹慎《ふきんしん》かもしれませんが、犯人の目的がはっきりして、助かるんですが、今のままでは、どこを調べたらいいか、わかりません」

「それで、私と亀井刑事が、こうして、伺《うかが》ったんです。静岡の旧天城峠で、似たような事件があり、そこに居合せた女子大生が、東京で殺されましてね」

「それは知っていますが、こちらの事件と、関係があると、お考えなんですか？」

と、中田がきいた。

「確証はありませんが、どうも、雰囲気が似ているような気がするのです」

「雰囲気ですか？」

「そうです。時限爆弾を使い、使用された爆薬は、ダイナマイト。そして、何の要求もして来ていない」

「しかし、違うこともありますよ。旧天城トンネルの場合は、現在、観光以外には、使われていなかったわけでしょう。こちらのゴンドラは、スキー・シーズンで、フル稼動していたんです」

と、中田は、いった。

「確かに、多少の違いは、ありますが、匂《にお》ってくるものが、似ているんです」

と、十津川は、いった。

「匂いですか？」

と、若い中田は、びっくりしたような、馬鹿にしたような眼で、十津川を見た。そんな非科学的なことを——といった顔だ。

十津川は、苦笑して、

「新潟県警では、ゴンドラ爆破の犯人を、どう思っているんですか？」

と、きいた。

「愉快犯じゃないかという意見が、大勢《たいせい》ですね」

「人が騒ぐのを見て、楽しむというやつですか？」

と、亀井が、きいた。

「そうです。人殺しが目的じゃないから、爆薬は少いし、すいている下りのゴンドラに、セットしたんだろうと。もし、愉快犯なら、目的は、達したわけです。スキー客は、大騒ぎだし、地元の新聞は、トップニュースにしましたからね」

と、中田は、いった。

「しかし、中田さんは、そうだと決められずに、悩んでいるんじゃありませんか？」

と、十津川は、きいた。

「正直にいうと、そうなんです。愉快犯ではないかと思いながら、ひょっとして、犯人は、もっと大きなことを、計画しているんじゃないかと、思ったりもするもんですから」

「もし、その心配が当っているとすると、われわれは、何とかして、犯人を見つけ出し、それを防ぎたいと、思っているんです。ここへ来たのも、そのためです」

と、十津川は、いった。

「しかし、現場周辺の聞き込みを続けているんですが、犯人を見たという人間は、見つからないのです。何しろ、現場のレストハウス周辺は、今、スキー客で、あふれていて、しかも、みんな、サングラスをかけ、派手なスキー服で、スキーを担《かつ》いで、同じように見えるんです。その上、みんなスキーに夢中で、怪しい行動をとる人物がいても、注意を払うなんてことはないからでしょうね」

中田は、小さく、溜息《ためいき》をついた。

「その点は、私も同じです。殺された女子大生の証言しかありません。身長一七〇センチくらいの三十歳前後の男。これが、全てです」

「身長も、年齢も、ありふれていますね」

「そうなんです。飛び抜けて、大男というのなら、マークしやすいんですが」

「本当に、犯人は、今後、何かやると、思われるんですか？」

と、中田が、きいた。

「やると、思っています」

「この越後湯沢で？」

「わかりません。ここかも知れないし、全く、別の場所かも知れません」

と、十津川は、いった。

「漠然《ばくぜん》としていますね」

「その通りです。犯人は、伊豆で、トンネルを爆破し、今回、この湯沢で、ゴンドラの爆破ですからね。次は、北海道か、九州で、何かやるかも知れません。しかし、何か大きなことをやるということだけは、断言できます」

と、十津川は、いった。

「また、殺人にまでは到らない、小さな事件を起こし、にやにや、笑っているということは、考えられませんか？　それなら、少しは安心なんですが」

と、中田は、いった。

中田は、今、犯人が大きなことを計画しているかも知れないと、いっておきながら、逆のことをいったりするのは、やはり、不安が、あるからだろう。

中田の不安は、十津川にも、よくわかるのだ。十津川だって、犯人が、ただの小心な愉快犯であって欲しい。

「犯人が、旧天城トンネルと、湯沢のゴンドラしか、爆破していなければ、愉快犯で、人殺しまではやらない男と思いますが、東京で、目撃者を、殺していますからね。この犯人は、人殺しを何とも思わない人間なんですよ」

と、十津川は、いった。

「東京で女子大生を殺したのは、本当に、同一犯人なんでしょうか？　全く、別人だという可能性はないんですか？」

と、中田は、きく。

「残念ながら、考えられませんね。殺された女子大生の周辺を、調べましたが、彼女を殺す動機の持主が、見つからないのですよ。とすると、旧天城トンネルでの目撃しか、考えられません」

「しかし、自宅マンションで、殺されたんでしょう？」

「そうです」

「そうだとしたら、危険な人物を、被害者が部屋に入れたことになりますよ。若い女性が、そんなことをするでしょうか？　彼女と親しい人間が、犯人ということになりませんか？」

と、中田は、きいた。

十津川は、微笑して、

「私も、最初は、そう考えて、彼女と親しかった人間に照準をつけて調べました。しかし、全く、容疑者が、浮んでこない。犯人は、恐らく、宅配便をよそおって、ドアを開けさせたのではないかと、考えるようになっています。間もなく、クリスマスですからね。宅配といわれると、誰かからのクリスマス・プレゼントではないかと思って、簡単に、ドアを開けてしまったのではないかと、考えています」

と、十津川は、いった。

2

十津川と、亀井は、中田に案内されて、ガーラ湯沢に向った。

ゴンドラが爆破されたばかりなので、閑散としていると思ったのだが、ガーラ湯沢の中は、若いスキー客で、あふれていた。

中田のいった通り、ガーラ湯沢駅と高津倉山の中腹のレストハウスとを結ぶゴンドラは、運行が再開され、スキー客を、運んでいる。

「JR東日本では、スキー客が、怖がって、来なくなるのではないかと、心配したようですが、この調子だと、その心配は、杞憂《きゆう》だったみたいですね」

と、中田は、いった。

ガーラ湯沢の責任者に会って、聞いてみると、

「二度と、爆破事件を起こさないように、ゴンドラ部門には、従業員を増員し、ゴンドラの中に、何か不審な物が置かれてないか、チェックすることにしています」

と、いう答が、返ってきた。

なるほど、発着ホームには、数人の従業員がいて、眼を光らせている。中腹のレストハウスでも、同じことが、行われているのだろう。

ガーラ湯沢の広い駐車場には、自家用車や、観光バスが、とまっていたが、その一角に、シートをかぶせて、爆破にあったゴンドラが置かれ、制服の警官が一人、監視に当っていた。

「ご覧になりますか？」

と、中田が、きいた。

「いや、その必要は、ありません」

と、十津川は、いった。

調べることは、県警で、調べつくしているだろうし、十津川が、重視するのは、犯人の今後の行動だったからである。

十津川は、礼をいって、中田と別れ、亀井と、ガーラ湯沢の中のレストランで、少し遅い昼食をとることにした。

亀井が、中田に貰った「越後湯沢冬マップ」を、テーブルに広げた。

越後湯沢駅を中心にした、交通網と、スキー場が、描かれている。

「随分《ずいぶん》、沢山スキー場があるんですね」

と、亀井は、感心したように、いった。

越後湯沢駅の近くだけでも、このガーラ湯沢スキー場の他に、湯沢高原スキー場、布場スキー場、布場ファミリースキー場、一本杉スキー場、城平《じょうのたいら》スキー場などがある。少し、足を伸ばせば、この他に、十三ヶ所のスキー場があるのだ。

「なぜ、犯人は、この中の、ガーラ湯沢を、狙ったんでしょうか？」

と、亀井は、いう。

「ここにだけ、ゴンドラが、あるからじゃないのか？　他は、リフトだけで」

「いや、他にも、ゴンドラの絵が描いてあるスキー場が、五つありますよ。中でも、越後湯沢駅から、徒歩十分の湯沢高原スキー場には、世界一という一六六人乗りのゴンドラが、動いていると、出ています」

「すると、駅の傍《そば》だからかな？」

「逃げやすいということですか？」

「ああ」

「しかし、この辺は、スキー場が、つながっていますから、スキーさえ上手ければ、どこへでも逃げられます」

と、亀井は、地図《マップ》を見ながら、いう。

「スキーが、上手ければか」

「そうです」

「すると、犯人は、スキーが、下手《へた》な男ということになるのかな」

と、十津川は、呟いた。

だが、これでは、犯人を確定する要素には、なりそうもなかった。下手だとしても、どの程度なのか、わからないからである。

それに、地図をよく見れば、リフトを使って、他のスキー場に行くことも出来るコースがあるのだ。

運ばれてきたカレーライスを口に入れながら、十津川は、マップを、見ていたが、

「カメさん。気になることがあるよ」

と、いった。

「何ですか？」

「この近くには、長いトンネルが、二つあるんだ。一つは、われわれが、上越新幹線で、

通ってきた、鉄道のトンネルだ」

「ええ」

「もう一つは、関越自動車道のトンネルだ。ここに、日本最長を誇る関越トンネルと、書いてある」

「トンネルというと――」

いいかけて、亀井が、急に、顔色を変えた。

「犯人は、その二つのトンネルを、爆破すると――？」

「今までの二つが、予行演習だとすると、犯人は、次に、現在使用中の、それも、長いトンネルを、狙うかも知れない」

と、十津川は、いった。

「そんなことをすれば、多数の死者が出ますよ」

「だから、脅しに使えるんだ」

「爆破すると脅して、ゆするんじゃないかということですか？」

と、亀井が、きいた。

「ＪＲと、関越自動車道をだよ。この二つが使用不能になれば、太平洋側と、日本海側とが、遮断《しゃだん》されてしまうことになる。犯人は、それなら、大金をゆすり取れると、考えるかも知れない」

十津川は、食事の手を止めて、亀井に、いった。

「考えられないことじゃありませんね」

「そうだよ。鉄道も、ハイウェイも、一番の弱点は、トンネルだ」

「旧天城トンネルで、まず、トンネル爆破を試したというわけですか？」

「そうだ。現在あまり使用してないトンネルなら、自由に試せるし、爆破しても、それほど、注目されないし、警戒もされないからね」

「ガーラ湯沢のゴンドラを、爆破したのは、何のためなんでしょうか？」

と、亀井が、きいた。

「旧天城トンネルだけで、次に、ここの二つのトンネルを狙って、金を要求しても、ＪＲと、公団は、信用しないかも知れない。何しろ、旧天城トンネルは、遠いし、あまり使用されてないトンネルだからね。しかし、ガーラ湯沢のゴンドラを爆破していれば、ＪＲと公団も、本気で受け止めざるを得ない。犯人は、そう計算したんじゃないかな」

十津川は、かたい表情で、いった。

「すぐ、この二つのトンネルを、調べましょう」

と、亀井は、いい、もう、立ち上っていた。

二人は、まず、越後湯沢駅に行き、問題の大清水トンネルについて、聞いてみた。

トンネルの多い上越新幹線だが、この大清水トンネルは、長さ二万二二二一メートルと、群を抜いて長く、新幹線で通過するのに、八分かかる。

東京方面から見て、入口から、七三〇〇メートルまでが、ゆるい上り勾配《こうばい》。七三〇〇メートルを過ぎると、今度は、ゆるい下り勾配になる。

また、トンネル内で、右に、半径七〇〇〇メートルのカーブになり、次に、出口付近で、左に、同じ半径のカーブになっている。

トンネルが、直進でなく、内部が、カーブしていて、しかも、高低があるということである。

と、いうことは、内部で爆発が起きた場合、修復が、難しいということになるだろう。

もし、この大清水トンネルが、爆破された場合、ただ単に、上越新幹線が、不通になるだけではなかった。

上越新幹線が作られた目的は、東京と、新潟とを、ただ単に、約二時間で結ぶことではなかった。

それだけのことなら、飛行機で、十分である。上越新幹線は、新潟で、在来線と結ぶことで、日本海側と、太平洋側とが、つながったことに、意味があった。

大清水トンネルが、通行不能になると、この大動脈が、絶ち切られてしまうのだ。

関越トンネルについても、同じことが、いえるだろう。

関越自動車道は、北陸自動車道と、長岡ジャンクションで結ばれていて、やはり、日本海側と、太平洋側とを結ぶ大動脈になっているのである。

更に、地図を見ていくと、問題の二つのトンネルが、交叉《こうさ》していることが、わかった。

関越トンネルは、水上の先の谷川岳パーキングエリアから始まり、土樽《つちだる》パーキングエリアで抜ける。冬季は、上り下りとも、トンネルを通過する車は、この二つのパーキングエリアで、チェーンの着脱を、義務づけられている。

上越新幹線の方は、東京側から、上毛高原駅を出ると、大崎トンネル、月夜野《つきよの》トンネル、第一湯原トンネル、第二湯原トンネルと、一〇〇〇メートル以上のトンネルが続く。

この先に、大清水トンネルがあって、越後湯沢駅の手前で、この長いトンネルを抜けるのである。

自動車専用としては、日本最長の関越トンネルと、世界最長の陸上の鉄道トンネルの大清水トンネルは、土樽の手前で、交叉している。

この近くで、爆破が起きれば、この二つのトンネルは、同時に、使用不能になる恐れがある。

十津川は、新潟県警の中田警部に会って、自分の不安を、話してみた。

「大清水トンネルと、関越トンネルですか？」

と、中田は、一瞬、驚きの表情を浮べたが、すぐ、続けて、

「ちょっと、考えられませんね。県警でも、そんな話は、出ていません」

「しかし、可能性は、ありますよ」

「確かに、可能性はありますが、まさか、犯人が、そこまでやるとは、思えませんね。犯人が、これまでにやって来たことは、現在、あまり使われていない古いトンネルを、爆破したり、ゴンドラを一つ破壊した程度のことでしょう？　そんな男が、突然、日本一のトンネルを、爆破するような、大それたことを、考えるもんでしょうか？」

中田は、懐疑的な表情で、十津川を見る。

「私にも、犯人の気持は、わかりませんよ。旧天城トンネルを爆破し、この湯沢で、ゴンドラを爆破した人間が、どんな経歴の持主か、どんな考えの持主かも、わかっていませんからね。中田さんのいう通り、小心な男で、大それたことなど出来ない人間かも知れません。だが、可能性があるかぎり、検討してみるべきじゃありませんか？　犯罪が起きてからでは、遅いと思いますよ」

十津川は、熱心に、いった。

中田は、そんな十津川の熱心さに負けた顔で、

「どうすれば、いいんですか？」

「新幹線の大清水トンネルと、関越トンネルの責任者を呼んで下さい。話し合いたいのです」

と、十津川は、いった。

「両方とも、あまり、乗り気にはならないと思いますがね」

中田は、そういいながらも、双方に、連絡してくれることになった。

3

六日町警察署で、その日の夕方、警察、JR東日本、そして、日本道路公団の三者の会合が、持たれた。

十津川が、まず、自分の推理を説明した。しかし、反応は、鈍《にぶ》いものだった。

JR東日本の保全部長の武藤は、こんないい方をした。

「脅迫の手紙や、電話といったものが、ないわけじゃありません。乗客のために、万全をつくしているつもりでも、反感を抱かれる人は、必ず、いるものですからね。新幹線を爆破してやるだとか、トンネルを、爆破するだといった手紙や、電話もあります。しかし、

今までに、それが、実行されたことは、ありません。また、大清水トンネル内で、火災が起きた場合、どうなるかについて、検討したこともあります。あのトンネルには、三キロから、四キロごとに、緊急時用の避難路が作られていますし、防煙シャッターもあります。スプリンクラーも、火災時には働くようになっています。それに、監視用のカメラもついていますから、安全であるという結論に、なっています」

日本道路公団の渋谷という保安部長も、同じような考えを、口にした。

関越トンネルでは、スプリンクラーなどの防災設備は、完全である。それに、監視用カメラが、常に作動していると、いうのである。

「第一、十津川さんも、ご覧になったと思いますが、昼夜を問わず、車が、通行しています。スキー・シーズンの今は、その量も、増えています。トンネル爆破を考える人間がいたとしても、トンネル内に、車を止めて、爆発物を仕掛けるのは、まず、無理です。トンネル内で、停止している車があれば、すぐわかりますし、公団のパトロール・カーが、すぐ、その場所に、急行します」

と、渋谷は、いった。

「犯人が、歩いて、爆発物を、持ち込み、トンネル内に、仕掛けるということも、考えられるでしょう？」

と、十津川が、きくと、渋谷は、苦笑して、

「関越トンネルは、自動車専用のトンネルで、徒歩や、自転車で通ることは、禁止されています。もし、そんなことをすれば、トンネル入口の監視カメラで発見され、すぐ、排除されてしまいます」

と、いった。

大清水トンネルも、関越トンネルも、監視カメラは、二十四時間作動しており、不審者が、トンネル内に侵入することは、不可能だと、二人は、強調した。

結局、十津川の忠告は、一応、尊重して、検討することは、約束してくれたが、無視されたに、等しかった。

十津川は、憮然《ぶぜん》とした顔で、亀井と、湯沢温泉の旅館に、戻った。

「私も、自信がなくなったよ」

と、部屋に入ってから、十津川は、亀井に、いった。

「向うは、保安の面では万全だと、自信満々でしたね」

と、亀井は、いった。

「旧天城トンネルの爆破と、ゴンドラを一つ壊したくらいでは、説得力がないということかも知れないな。巨大トンネルの前には、二つの事件は、花火みたいなものか」

と、十津川は、笑った。

「自信がなくなったといわれるのは、犯人が、やらないと思われたということですか？」

亀井が、きく。

「それもあるね。ＪＲと、道路公団の話を聞いていると、両方のトンネルに入って行って、ひそかに、爆薬を仕掛けるというのは、まず、無理じゃないかという気がしてきたよ。二十四時間、監視用カメラが、作動しているというからね。特に、関越トンネルの方は、絶えず、車が通行しているから、不可能かも知れないな」

と、十津川は、いった。

「警部は、珍しく、弱気になっていますね」

「何しろ、自分の知らない世界だからね」

と、十津川は、苦笑した。

「向うさんは、近代的なトンネルと、古い、何の予防設備もないトンネルと、一緒にして貰っては困るとも、いっていましたね」

「確かに、その通りなんだ。その上、旧天城トンネルは、通行する人も、まばらだからね。暗くなれば、通る人もいないから、ゆっくり、爆薬だって仕掛けられる。条件が違うといえば、ぜんぜん、違うんだ」

「しかし、警部。それなら、犯人は、なぜ、あんな真似《まね》をしたんですかね？　それに、犯人は、暗くなってから、旧天城トンネルに、ダイナマイトを仕掛けたわけじゃありません。通行人に見られる危険を冒《おか》しています。ゴンドラの件も、同じですよ。ただの遊びで、そんな危険な真似をしたとは、考えられませんが」

　と、亀井は、いう。

「そうなんだよ。殺人もしているしね。それを考えると、犯人は、何か、大きな事件を、起こしそうな気がするんだ。ただの遊びなら、殺人までは、しないだろうからね。しかし、その一方、大清水トンネルか、関越トンネルに、果して、簡単に、爆薬を仕掛けられるだろうかという疑問も、わいてくるんだ」

「犯人の立場で、考えてみようじゃありませんか」

　と、亀井が、いった。

「犯人の立場か」

　と、十津川は、苦笑した。が、それが、一番大事なことは、十津川にもわかった。

　犯人の立場で考えて、出来るとなれば、犯人も同じように考えて、両トンネルの爆破を考える可能性があるからである。

「問題は、監視カメラでしょう」

　と、亀井は、いう。

「そうだな。カメラの眼を、かいくぐって、トンネル内に、もぐり込めるかだ」

「関越トンネルの場合は、それに加えて、ひっきりなしに通過する車のことがあります。その車に乗っている人間の眼があります。むしろ、その方が、難しいかも知れませんね。関越トンネルの中は、明るいから、中で、何かやっていれば、すぐ、見つかってしまうと、思います」

「すると、ＪＲの大清水トンネルの方が、やり易《やす》いかも知れないな。終列車が通過したあとは、翌朝の始発が通るまで、トンネル内を、列車は、通らないわけだからね」

　と、十津川は、いった。

「しかし、その時間内に、保線係が、トンネル内を、点検して歩くことがあるそうです。それに、監視カメラは、二十四時間動いている筈です。もう一つ、ガーラ湯沢駅の奥に、保守基地が、ありますから、何かあれば、すぐ、保線係が、大清水トンネルに、駆けつけます」

「それは、私も、聞いたよ」

「上越新幹線も、トンネルの連続ですが、トンネルの無い部分は、スノーシェルターで、覆《おお》われています。従って、トンネル内には、関越トンネルよりも、入り込むのが、難しいかも知れません」

と、亀井は、いった。

「カメさん。それじゃあ、どちらのトンネルも難しいことになってしまうよ。もちろん、難しいから、安全なんだが」

十津川は、煙草をくわえて、窓の外に、眼をやった。

遠くの雪山が、明るいのは、スキー場が、夜間照明をしているからだろう。そんな景色を眺めていると、トンネル爆破といったことが、遠い絵空事に、思えてくる。

みんな、ここへ来る観光客は、スキーと、温泉と、或いは、恋のアバンチュールを、楽しんでいるのだろう。

誰も、トンネル爆破みたいな、バカげたことは、考えていないのではないか。

だが、十津川は、こんな風にも考える。

この賑やかなところで、たった一人、黙々と、時限爆弾を作っている男が、いるのではないのか。

誰も、こんな男に、注目はしない。みんな、遊ぶことに、夢中だからだ。

ある日、突然、この男が、注目を浴びる。大清水トンネルか、関越トンネルを、爆破した犯人として。

亀井も、十津川の傍に来て、夜の雪山に、眼をやった。眼を凝《こ》らすと、夜間照明の下で、滑《すべ》っているスキーヤーの姿が、ごま粒のように見える。

「あそこで滑っている連中は、何の心配もしてないんじゃありませんかねえ」

と、亀井が、いった。

「ゴンドラの一件も、もう、忘れてしまっているかな」

「そうでしょう。ゴンドラは、もう、修理して動いていますからね」

「ゴンドラが、爆破されてから、まだ、三日しかたっていないんだよ」

「若者にとって、三日前は、一年以上前みたいに思えるんでしょう」

と、亀井は、笑った。

「犯人は、今、何処《どこ》にいるんだろう？　三日前に、ゴンドラを爆破したあと、犯人は、ここから、逃げたのだろうか？　それとも、まだ、ここに、残っているんだろうか？」

「逃げていれば、大清水トンネルや、関越トンネルの爆破は、当分ないわけで、われわれも、東京に戻れますよ」

亀井は、雪山に眼をやったまま、いった。

「県警は、湯沢周辺のホテル、旅館、ペンションなどを、徹底的に、調べているそうだ。ゴンドラ爆破の容疑者を、見つけ出す作業だ」

と、十津川は、中田警部の言葉を、思い出しながら、いった。

「県警が、大清水トンネルと、関越トンネルのことに、熱心でないのは、そのことが関係していると見ていいんじゃありませんか」

「将来の心配より、今は、ゴンドラ爆破の犯人を捕えることだというわけか」

「そうですよ。それに、逮捕してしまえば、将来の心配は、しなくていいわけです」

と、亀井は、いった。

「確かに、そうなんだがね」

十津川は、あいまいに、肯いた。

県警は、必死に、聞き込みをやっている。だが、まだ、有力な情報を得られずにいる。

無理もなかった。情報が、乏《とぼ》しすぎたからである。

旧天城トンネルを爆破したと思われる男については、東京で殺された女子大生の証言しかなかったからだ。

その証言も、極《きわ》めて、あいまいなものである。三十歳前後の男。身長は一七〇センチくらいというだけなのだ。肝心《かんじん》の顔は、見ていない。

赤っぽいハーフコートを着ていたというが、越後湯沢でも、同じものを着ているかどうか、わからないのだ。

一七〇センチという身長も、今の男性の平均的な高さといえるだろう。

従って、死んだ森田みどりの証言は、「どこにでもいる男」と、いっているに、等しい。

聞き込みに廻っている県警の刑事たちが、苦戦するのは、当然だった。

ゴンドラに乗っていて負傷したカップル、小笠原明美と、ボーイフレンドの関口悠には、引き続いて、中田が、会って、何か、覚えていることはないかと、聞いていた。

もし、ゴンドラ爆破の犯人を見ているとすれば、この二人しかいなかったからである。

十二月二十日に、関口の傷も治って、小笠原明美と一緒に、東京に帰るというので、中田は、病院に行き、もう一度、二人に会った。

中田が、聞くことは、同じだった。

「君たちが、ゴンドラに乗り込む時、その寸前に、ゴンドラから降りた人間は、いなかったかな？」

と、中田は、きく。すでに、何回もしてきた質問だった。

案の定、二人は、またかといった顔で、

「誰も、見ませんでしたよ。僕たちが、乗る時、ゴンドラには、誰も、乗っていなかったんです」

と、関口が、怒ったような顔で、いった。

「では、他に、どんなことでもいいから、気がついたことがあったら、話してくれないか」

と、中田は、いった。この質問も、これで五回か、六回目である。

「どんなことでもといわれてもねえ」

と、関口が、困惑した顔でいい、明美の方は、

「あたしは、彼の顔ばかり見てたから」

と、ふざけたいい方をした。二人とも、同じ質問を繰り返し浴びせられて、だれてしまっているのだ。

中田は、苦笑するより仕方がなかった。

彼が、質問を打ち切って、病室を出ると、なぜか、関口が、追いかけて来た。

「どんなことでもいいんですか？」

と、小声で、きいた。

「何か、思い出したんですか？」

「一つだけね」

と、関口が、いう。

「話して下さい」

中田は、あまり期待しないで、きいた。重大なことなら、今までに、話していたろうと思ったからである。

「ゴンドラの中には、誰もいなかったけど、僕たちが乗るのを、見てた人間がいるんですよ。乗って来るのかと思ったら、来ませんでした」

「それは、三十歳くらいの男？」

「いや、女です」

「女？」

違うかなと、中田は、思った。だが、共犯者ということもある。それに、本庁の十津川警部には悪いが、旧天城トンネルの犯人とは、別人ということも、あり得るのだ。

「ええ。女ですよ。背の高い、きれいな女でしたよ」

「彼女は、ひとりだったんですか？」

「ええ。ひとりでしたね」

「本当に、君たちが、問題のゴンドラに乗るのを、見ていたんですか？」

と、中田は、念を押した。

「そうですよ。最初は、僕のことを見ているのかと思ったけど、違ってたな。ゴンドラを見てたんだ」

と、関口は、いった。

「今まで、なぜ、黙ってたんですか？」

中田が、咎《とが》めるように、きくと、関口は、頭に、ちょっと、手をやって、

「彼女、やきもちやきなんですよ。あんな大変な時に、僕が、他の女に見とれてたなんてことになったら、引っかかれますからね」

と、いう。

中田は、呆《あき》れながらも、つい、笑ってしまった。

「その女のことを、詳しく、話して下さい」

「僕が、話したことは、彼女に、いわないで下さい。今も、トイレに行くといって、出て来たんで、すぐ戻って、退院の手続きをしなきゃならないんですよ」

「秘密は守りますよ」

と、中田は、約束した。

「年齢は、二十五、六歳かな。大人の女という感じでしたよ。美人で、色が白いから、サングラスが、よく似合っていました。身長は、一七〇センチはあると思う」

「スキーを持っていましたか？」

「持ってなかったと思う。スキーウエアは着てたけど。ああ、カメラを持ってた」

「どんなカメラ?」

「普通のEカメラですよ。あれは、コニカだったと思う。僕も、持ってるから。このくらいにして下さい」

と、関口は、いい、あわてて、病室に、引き返して行った。

4

この証言は、中田から、十津川たちに、知らされた。

十津川たちの泊っている旅館の一階、喫茶室でである。

「彼女が、果して、犯人かどうかは、わかりませんが――」

と、中田は、いった。

「共犯かも知れない」

と、亀井が、いうと、中田は、皮肉な眼つきになって、

「旧天城トンネルで、目撃された男のですか? 彼とは、別の犯人ということも、考えられますよ」

と、いった。

亀井は、眉をひそめたが、十津川は、笑顔で、

「確かに、その可能性は、ありますね」

「警部」

と、亀井が、更に、眉をひそめる。

十津川は、続けて、

「しかし、われわれは、最悪の場合を、考えて、対処していく必要があります」

「どういうことですか？」

と、中田が、きく。

「中田さんのいうように、全く、別の犯人ということも、考えられる。その場合は、あまり心配しなくていいと思います。旧天城トンネルの爆破犯人は、その後、繰り返していないわけですから、古いトンネルを爆破しただけで、満足したと、思われます。ここのゴンドラを爆破したのは、多分、ゴンドラか、ＪＲに恨みがあった人間で、爆破したことで、もう、満足したでしょう。しかし、同一犯人なら、二つの爆破の延長線上に、もっと大きなことを計画している恐れがあるのです。私は、その方を心配しますね」

と、十津川は、いった。

「すると、やはり、大清水トンネルと、関越トンネルですか？」

「そうです」

「しかし、専門家は、否定していたんじゃありませんか？」

と、中田は、いうのだ。

「そうですが、私は、どうしても、最悪の事態を、考えてしまうのですよ」

と、十津川は、いった。

中田は、どうしても、その説には、賛成できないという顔だった。

彼が、帰ってしまうと、十津川と、亀井は、二杯目のコーヒーを注文して、新しい情報について、話し合った。

「私は、ゴンドラを見ていたという女は、共犯だと、思いますね」

と、亀井は、いった。

「すると、旧天城トンネルで目撃された三十歳くらいの男と、この美人の二人が、犯人ということになってくるのか」

と、十津川。

「他にも、いるかも知れません。ですから、最低、二人の男女です」

と、亀井が、いった。

「複数だとすると、単独犯の場合より、エスカレートしていく可能性が強いな」

と、十津川は、いった。

犯行の目的が、脅迫だとしたら、複数犯の方が、要求する金額も、大きくなることが考えられるし、お互いに、牽制《けんせい》し合って、計画を中止することも少くなると、考えなければならない。

「もし、複数だとすると、私が、知りたいのは、彼等のリーダーが、どんな人物かということだね」

と、十津川は、いった。

「警部は、脅迫が行われると、まだ、考えておられるんですね？」

「まだ、というより、ますます、その可能性が大きくなったと、思っているよ」

と、十津川は、いった。

「狙われるのは、やはり、大清水トンネルか、関越トンネルですか？」

と、亀井が、きいた。

「専門家は、否定的だが、私は、ここで、狙われるとしたら、この二つしか、考えられないんだ」

と、十津川は、いった。

だが、県警も、ＪＲ東日本も、日本道路公団も、地元のマスコミも、その点については、冷淡だった。

　ＪＲ東日本と、道路公団が、否定的なのは、仕方がない。爆破される危険を認めようとしないのは、当然だからである。

　県警が、独自の判断を下すのも、自然であるし、意見が異るのも、十津川は、仕方がないと、思う。

　ただ、マスコミまでもが、危険を否定するのには、十津川は、がっかりした。マスコミというのは、危険に敏感で、どちらかといえば、センセーショナルを歓迎し、その方向で、報道するものだと思い、期待していたからである。

　ゴンドラの爆破について、旧天城トンネルの事件との関連を指摘する記事は、ほとんどなかった。

　犯人像についても、スキー客の中で、ガーラ湯沢に不満を持った者が、腹立ちまぎれに、ゴンドラに爆発物を仕掛けたのだろうと書き、若者で、爆発物の知識がある者と、推測していた。

　十二月二十三日。

　ゴンドラ爆破があってから、一週間が過ぎた。

　地元のテレビ、新聞も、事件の報道は、もうやっていない。県警は、もちろん、犯人を追って、捜査を続けてはいたが、地元の人間ではなく、観光客（スキー客）だとすると、容疑者を特定するのは難しいとしていた。

関口悠の証言で、一人の女が、浮び上ってはいるのだが、この女が、どこの誰かもわからず、捜査の進展に結びつく可能性は少いと見られていた。

十津川と、亀井は、まだ、湯沢に残っていたが、二人も、少しずつ、自信を失いかけていた。

犯人たちが、次の計画を立ててくるに違いないと考え、狙われるのは、大清水トンネルか、関越トンネルだろうという考えも変っていないのだが、日時が、経過していくことが、自信を失わせているのである。

脅迫をやるのなら、前の事件が、忘れられない中にやるのが、効果的な筈だったからである。

相手に与えるショックが、大きいからなのだ。それなのに、すでに、一週間が経過したのに、何の動きもなかった。

「そろそろ、帰京しませんか」

と、亀井が、十津川を促した。

「そうだな。これ以上、ここにいても、意味がないかも知れないな」

と、十津川も、いった。それだけ、弱気になり始めていたのだ。

朝食のあと、二人は、会計をすませて、旅館を出発することにした。チェックアウトタイムは、午前十時ということだった。

丁度《ちょうど》、その頃、ＪＲ東日本の本社に、一つの郵便物が、届けられていた。

クリスマス・プレゼントの形をとった郵便物である。

宛先は、ＪＲ東日本社長になっていた。

もちろん、社長が直接、受けることはない。

この郵便物は、広報室に廻され、必要があれば、返事が出されることになる。

封が切られ、中から出て来たのは、手紙と写真だった。

手紙は、ワープロで、書かれてあった。

〈少し早目のクリスマス・プレゼントを送る。

われわれは、クリスマスに、ＪＲ東日本が自慢する上越新幹線の大清水トンネルを、爆破することにした。爆薬は、すでに、仕掛けてある。それを、探し出そうとしたり、除去しようとしたりしてはならない。危険だからだ。

われわれの要求は、二億円だ。クリスマス・イヴ二十四日までに、その金が支払われれば、大清水トンネルの安全は確保され、われわれは、爆薬を仕掛けた場所を、知らせることを約束する。

今から、直ちに、二億円を準備せよ。われわれの要求を呑む場合は、二十四日の朝、東京駅丸の内側の中央口に、白い胡蝶蘭《こちょうらん》の鉢植えを、置いておくこと。

もし、ノーの場合、二十五日に、大清水トンネルは、容赦《ようしゃ》なく爆破される〉

手紙と一緒に入っていた写真には、ガーラ湯沢のゴンドラが、爆破される瞬間と、旧天城トンネルが、爆破され、崩れたあとが、写っていた。

同じ時刻に、日本道路公団にも、クリスマスの郵便物が、送られてきていた。

こちらも、広報室が、開封した。

中身は、やはり、手紙と、写真だった。ワープロで打たれた手紙には、二十五日のクリスマスに、関越トンネルを、爆破する、それを止めたければ、二十四日のイヴまでに、二億円を用意せよと、書かれていた。

写真は、ゴンドラと、旧天城トンネルの爆破を教えるものだった。

第三章　雪の戦場へ

1

十津川は、局面が、変ったと思った。

彼の予想どおり、犯人は、トンネル爆破を、宣言して、恐喝《きょうかつ》してきたのだ。

これで、大清水トンネルのあるＪＲ東日本も、関越トンネルを持つ日本道路公団も、必死になって、対策を考えるだろうと、思ったのである。

だが、その反応は、意外に、鈍いものだった。鈍いという言葉が悪ければ、楽観的といってもいいだろう。

ＪＲの大清水トンネルの保安を受け持つ、ガーラ湯沢にある保全基地の奥井部長と、関越トンネルの管理に当る日本道路公団の湯沢管理事務所から、仁科《にしな》所長が、六日町警察署に集まり、この恐喝事件への対応策を、県警と、協議したのだが、異口同音《いくどうおん》にいったのは、どちらのトンネルも、旧天城トンネルとは、全く違うということだった。

「何の警備態勢もない、無人の、しかも、レンガ造りの古いトンネルと、同一視されては困ります。わが大清水トンネルは、トンネル内に、監視カメラが設けられ、スプリンクラーもあり、簡単に、爆破は出来ないように出来ています」

と、ＪＲ東日本の湯沢保全基地の奥井部長は、いい、日本道路公団の仁科湯沢管理事務所長は、

「関越トンネルは、上り、下りの二本がありますが、どちらも、入口は、トンネル内に、監視カメラがあり、のこのこ、侵入できるものではありません。また、万一、トンネル内で、爆破が起きたとしても、天井に取りつけられたスプリンクラーが、自動的に動きますし、避難トンネルが、何ヶ所も設けられているので、パニックに陥《おちい》ることはありません」

と、いった。

両トンネルが、交叉していることについても、奥井が、

「ＪＲの大清水トンネルが、関越トンネルより下を通っていて、その標高差は、百メートル以上あります。従って、片方が、爆破されても、もう片方が、影響を受けることはありません」

と、いった。

確かに、地図をよく見れば、二つのトンネルが、交叉している地点で、百メートル以上の標高差がある。

従って、たとえ、交叉する地点の片方に、爆薬を仕掛けたとしても、同時に、両方を、爆破することは、不可能なのだ。その点、十津川は、一本取られた形だった。

しかし、JRと、日本道路公団が、あまりにも、楽観的なことに、十津川は、腹を立てて、

「犯人が、爆薬を持って、このこのこ、トンネルに入っていくとは、限りませんよ。監視カメラに、犯人が映るとは、限らないのです」

と、いった。

「じゃあ、どうやって、トンネル内に、爆薬を、仕掛けるんですか？」

と、奥井が、きく。

「JRの大清水トンネルについていえば、トンネルを通過する列車に、爆薬を、仕掛ければいいんです。時限装置つきの爆薬です。その列車が、大清水トンネル内を走っている時間に合せて、爆発させればいいんですよ。座席の下にでも、仕掛けておいて、手前の越後湯沢駅か、上毛高原駅でおりてしまう。これで、簡単に、トンネルを、爆破できるじゃありませんか？」

と、十津川は、いった。

「それは、無理ですよ」

と、奥井は、十津川の無知を笑うように、いった。

「なぜ、無理なんですか？」

「新幹線の車両は、頑丈《がんじょう》に造られています。車両が、爆破されても、トンネルが、被害を受けることは、ありません」

「しかし、二万二二二一メートルもの長大な大清水トンネルの中で、列車が爆破され、動かなくなったら、一時的に、上越新幹線は、マヒしてしまうんじゃありませんか。つまり、いちいち、トンネル内に、爆薬を仕掛けなくても、犯人は、目的を、達せられるわけですよ。ＪＲに、損害を与えるという目的を」

「犯人は、そんなことをすると、思いますか？」

奥井は、不安気な表情になって、きいた。

「監視カメラなどがあって、トンネル内に入ることが難しければ、通過する列車に、爆薬を仕掛けると思いますね。これなら、簡単ですから。また、関越トンネルについても、同じ方法を、犯人はとると、私は、思います。入口と出口に、パーキングエリアがあって、常に、何台かの車が、とまっていて、運転手は、軽い食事をとっています。無人の車に、爆薬を仕掛けるのは、簡単だと思いますね。時限装置つきにしておけば、関越トンネル内で、爆発させるのは、それほど、難しいことではないと、思います。私が見たところ、長距離トラックが、多いようですから、何台もの大型トラックを、トンネル内で、爆破させ、トンネルを塞いでしまうことも、可能だと思いますね。こうした方法で、ＪＲの大清水トンネルと、関越自動車道の関越トンネルの機能を一時的にマヒさせることは、可能だと思います」

と、十津川は、いった。

「私の意見も、いわせて欲しい」

と、いったのは、県警の中田警部だった。十津川が、ひとりで喋っているのが、腹立たしかったのかも知れない。

全員の眼が、自分に集まるのを待って、中田は、

「確かに、十津川警部のいわれることが起きるかも知れません。しかし、それなら、それで、対応は、簡単だと思いますね。大清水トンネルについていえば、トンネルの両端の、湯沢と、上毛高原で、列車内を点検することで、防げるし、関越トンネルについては、同じく、両端のパーキングエリアで、各自動車の点検を実施すれば、防ぐことが可能だし、犯人逮捕に結びつけることが、出来ると、思います。そのために、列車や、車が、遅れる

ことは考えられますが、利用者も、了解してくれると、思いますね」

と、声を大きくして、いった。

「すると、犯人の要求は、拒否すべきだということかね？」

と、捜査本部長の松本刑事部長が、きいた。

2

「当然、拒否すべきです。犯人は、要求に従わなければ、二十五日に、両トンネルを爆破すると公言していますが、今、いった方法で、警備を固めれば、犯人は、手も足も出ないと、考えます」

中田は、自信満々で、いった。

「すでに、トンネル内に、爆薬が仕掛けられているということは、ないかね？」

と、松本が、きいた。

この質問に対しては、奥井と、仁科が、各々《おのおの》、次のように、答えた。

「私どもの大清水トンネルは、昨日、作業員を動員して、トンネル内を調査しましたが、異常は、認められませんでした」

と、奥井が、いい、続いて、仁科が、

「現在、関越の上り、下りのトンネルについて、定期点検が行われているので、それに合せて、爆発物についても、調べましたが、トンネル内に、爆発物が仕掛けられていることは、ありませんでした。避難用トンネルについても同じです」

　と、いった。

「それなら問題はないな」

　と、松本本部長は、いった。

「ただ、犯人を逮捕する手段として、要求を受け入れるジェスチュアを示すことは、必要だと思います。犯人が、金を受け取りに現われたところを逮捕したいですからね。それが、失敗しても、今、話しましたように、両トンネルの爆破は、絶対にさせません」

　と、中田は、いった。

　松本は、中田の言葉を、頼もしげに聞いてから、十津川に向って、

「本庁の意見を聞かせて貰いたいが、今の中田警部の考えに、賛成しますか？　それとも、反対ですか？」

　と、きいた。

「賛成します。何よりも、犯人を逮捕したいですから、要求を呑《の》むふりをして、おびき出すのは、悪くありません」

　と、十津川も、いった。

「これで、決まりだな。ＪＲの方は、東京駅の中央口に、白い胡蝶蘭を置いておくんでしたね？」

　松本は、確かめるように、奥井を見た。

「そうです」

「では、ＪＲ東日本本社に連絡して、明日の二十四日の朝、犯人の指示どおりにするように、連絡して下さい。日本道路公団の方も、同じことでしたね？」

　松本は、今度は、仁科を見た。

「犯人の指示は、同じく、二十四日の朝、東京の本社前に、白の胡蝶蘭を置いておけということです」

「では、そのとおりにするように、東京の本社に、連絡して下さい」

　と、松本は、いった。

　十津川は、急遽《きゅうきょ》、東京に帰ることにした。

　トンネル爆破に備えるのは、新潟と、群馬が舞台だが、犯人が、恐喝しているのは、ＪＲ東日本と、日本道路公団の東京本社だったからである。

　この応対は、警視庁の担当である。

十津川と、亀井は、上越新幹線で、帰京の途中、今度の事件について、話し合った。

「私は、犯人の意図がよくわからないところがあるのですが」

と、亀井は、隣りの十津川に向って、いった。

越後湯沢は、三メートルを越す積雪だったが、大清水トンネルを抜けて、群馬県に入ったとたんに、雪は、驚くほど、少くなった。

十津川は、そんな景色に、ちらりと、眼をやってから、

「犯人の目的は、金だろう。それ以外に、考えられないよ」

「それは、わかるんですが、ＪＲと、日本道路公団の両方を、同時に恐喝した理由が、わからないのです。それも、同じ日に恐喝し、ＯＫなら、同じ二十四日の朝、東京駅と、本社前に、白い胡蝶蘭を置けと、指示しています。犯人は、同時に、両方から、二億円を、受け取れると、本当に、思っているんですかね？」

「受け取れると、思っているんだろう。単独犯ではなく、複数だから、出来るんじゃないかな」

と、亀井は、いった。

と、十津川は、いった。

「旧天城トンネルを、爆破した男と、ゴンドラを見ていた、背の高い女性と、少くとも、

犯人は二人いますね。他にもいるかも知れませんが、それにしても、ＪＲと、日本道路公団の両方を同時にゆすって、両方から、二億円ずつ貰えると、本気で、考えているんでしょうか？　そこが、わからないのです」

　と、亀井は、いう。

　湯沢では、曇《くも》って、粉雪が舞っていたのだが、群馬に入ってからは、からりと晴れて、太陽が眩《まぶ》しい。

　十津川は、窓のカーテンを閉めた。うす暗くなって、考えごとをするには、丁度いい。

「二つを同時に恐喝して、その一方だけでも、二億円払う気になってくれれば、儲《もう》けものと考えているのかな？」

　と、十津川は、いい、すぐ、自分の考えを否定して、

「違うな。犯人が、それほど、甘い考えの持主とは、思えないな」

　と、いった。

「私も、そう思うのです。まず、利用されていない旧天城トンネルを爆破し、次に、大清水トンネルと、関越トンネルに近いガーラ湯沢で、ゴンドラを、爆破して見せました。しかも、ゴンドラに乗っていたカップルは、負傷させましたが、殺してはいません。一方、東京では、女子大生を殺していますが、これは、旧天城トンネルで、目撃されてしまった

ので、止《や》むを得ず、殺したのだと思います。予定になかったことだった筈です。つまり、目的のためなら、手段を選ばぬといったところは見えません」

と、亀井も、いった。

十津川は、禁煙席ではないことを確認してから、煙草に、火をつけた。

「だから、犯人は、きっと、ＪＲと、日本道路公団のどちらかに、標的を、決めているんじゃないかと、思うね」

「それなのに、なぜ、両方を、同時に、恐喝したんでしょうか？」

「そこが、わからないんだが――」

と、十津川は、いった。

「どうも、犯人像がつかめませんね。第一、ＪＲと日本道路公団が、あっさり、二億円を支払うと、犯人は、本気で思っているんでしょうか？」

亀井は、首をかしげた。

「カメさんが犯人なら、思わないかね？」

十津川が、微笑して、きいた。

「簡単に払うとは、思いませんね。ＪＲ東日本も、日本道路公団も、トンネルの警備には、あんなに、自信満々なんですから」

と、亀井は、いった。

「それに、JR東日本と、日本道路公団という巨大組織を相手にして、要求する金額が、二億円ずつというのは、少しばかり、少い気がするんだよ。二億円くらいなら、資産家の子供を誘拐しても、要求できるんじゃないかな?」

と、十津川は、いった。

「とすると、JR東日本と、日本道路公団のどちらかに、恨みを持つ人間ということになりますか?」

「かも知れないな」

「もし、そうだと、面倒な事件になるかも知れませんね」

と、亀井は、いった。

「私は、六日町署で、上越新幹線の列車や、関越自動車道を走る車に、爆薬を仕掛ければ、二つのトンネルを、マヒさせられるから、犯人は、その方法を取るだろうと、いったんだが――」

「私も、犯人は、その方法を取ると思います。トンネルには、監視カメラが取りつけられていて、爆薬を持って、入り込めないとすれば、列車や、車をトンネル内で、爆破するより方法はないと思いますから」

と、亀井は、いった。

だが、十津川は、浮かない顔で、

「もし、大清水トンネル内で、列車が、爆破されれば、多数の乗客が死ぬことになる。百人単位の死者が出るんだ」

「それは、出るでしょうね」

「しかし、カメさんもいったじゃないか。この犯人は、頭が良くて、ここまで、止むを得ず、目撃者を一人、殺しているだけだと」

「はい」

「そんな犯人が、何百人もの死者が予想されるようなことをするだろうか？　関越トンネルで、自動車を爆破しても、トンネル内で、追突が起きて、十人、二十人の死者は出る」

と、十津川は、いった。

「犯人は、本当は、冷酷《れいこく》な人間だとすれば、二億円を払わないということで、平気で、そのくらいのことは、するんじゃありませんか」

「そうかな」

「違いますか？」

「もし、犯人が、冷酷な人間だとする。それなら、人のいない古いトンネルを爆破するより、小さいが、現在、利用されているトンネルを、まず、爆破して、何人かの死者を出すという方法を取っていたんじゃないかね。その方が、JR東日本と、日本道路公団をゆする時、効果は、大きいからだよ」

「それも、そうかも知れませんが――」

「どうも、わからなくなってきたよ。犯人が、何を考えているのかね」

と、十津川は、いった。

3

東京に着くと、十津川と亀井は、すぐ、三上刑事部長に会った。

「JRも、日本道路公団も、明日の朝、白い胡蝶蘭の鉢植えを、出すそうだ」

と、三上は、いった。

「そうですか」

「三十分前に、連絡があった。二億円に見せかけたニセの紙幣の束も、作っておくそうだ」

と、三上は、いった。

「問題は、そのあとですね。犯人が、どう出てくるかです」

と、十津川は、いった。

「犯人の出方は、わかっているじゃないか。二億円、いや、合計四億円を、手に入れようとして、電話してくる。それを、うまく、おびき出して、逮捕すればいいだけだよ」

三上は、簡単に、いう。

「そういけばいいんですが」

と、十津川が、心配げにいうと、三上は、

「今年、警視庁管内で、三件の誘拐事件が起きたが、全て、犯人が、身代金を受け取りに現われたところを逮捕して、人質を助け出している。今回の事件も、誘拐と同じだろう」

三上は、微笑した。

確かに、今年、都内で起きた誘拐事件は、三件とも、解決している。

三上部長のいう通り、犯人が、のこのこ、身代金を受け取りに現われたところを、逮捕している。

どの犯人も、計画性がなくて、ただ、金欲しさに、近所の子供か、資産家といわれている夫婦の子供を誘拐したものだった。身代金の受取場所も、自分の行動範囲だったから、自然に、犯人像も、浮んできてしまったという事件である。

「その三件より、今回の犯人は、頭がいいように、思いますが」

と、十津川は、いった。が、三上は、楽観的に、

「そうかも知れないが、犯人は、金欲しさに、必ず、姿を現わすさ。その時、逮捕すればいいんだ」

と、いった。

十津川は、黙っていた。正直にいって、彼にも、この事件の展開が、読めないのだ。

三上は、十津川と同期で警視庁に入った吉田警部を、呼んだ。

「十津川君は、日本道路公団に行って、犯人と、応対してくれ。吉田君には、ＪＲ東日本本社へ行って貰う。二人は、絶えず、連絡をとって、協力して、犯人逮捕に当って貰いたい」

と、三上は、いった。

翌二十四日の早朝、十津川は、亀井たちを連れて、日本道路公団の本社ビルに向った。

背広姿で、公団職員をよそおって、ビルに入ると、すぐ、総裁室に、足を運んだ。

犯人は、総裁に、電話してくると、思ったからである。恐喝の手紙も、総裁宛《あて》になっている。

上野総裁に、十津川は、あいさつし、電話に、テープレコーダーを、接続した。

秘書が、用意しておいた白い胡蝶蘭の鉢植えを抱えて、玄関に出て行く。

「犯人は、連絡して来ますかね？」

と、上野は、十津川に、きいた。

「二億円が欲しくて、手紙を送りつけてきたんですから、必ず、連絡してくる筈です」

十津川は、電話機に眼をやって、いった。

そのあと、十津川は、吉田警部の持っている携帯電話に、こちらも、携帯電話を使ってかけた。

「今、東京駅の中央口に、白い胡蝶蘭を、持って行ったところだ」

と、吉田が、いった。

「こちらもだ。この電話は、つないだままにしておきたい」

と、十津川は、いった。

「どちらから先に、連絡してくるかな？」

「ひょっとすると、同時かも知れない。犯人は、複数だと、思うからね」

と、十津川は、いった。

「犯人は、われわれ警察が、介入していることを、知っていると思うかね？」

と、吉田が、きく。

「十中、八、九は、ＪＲ東日本と、日本道路公団が、警察に連絡したと、犯人は、思っている筈だよ」

と、十津川は、いった。

あとは、犯人からの連絡を、待つだけである。

午前九時になって、電話が鳴った。

十津川は、テープレコーダーのスイッチを入れておいて、秘書に、合図した。

秘書が、受話器を取る。

「日本道路公団総裁室です」

――白い胡蝶蘭を見たよ

と、男の声が、いった。

十津川は、携帯電話で、ＪＲ東日本にいる吉田に、

「私の方は、犯人から、連絡が入っている」

「こちらもだ」

と、吉田は、緊張した声で、いった。

その間も、秘書と犯人との会話は続いている。

「要求された金は、用意してあります」

――賢いな。その金は、今、どうなってる？

「大きなボストンバッグ二つに入っています。これから、どうすれば、いいんですか？」

――あわてなさんな。一時間後に、また、連絡する

「一時間後というと、十時ですか？」

――そうだ

それで、一回目の電話は、切れた。

「こちらは、今、犯人が、電話を切った。そちらはどうだ？」

と、十津川は、携帯電話で、吉田に、きいた。

「こちらもだよ。用心深いんだろう」

「相手は、男か？」

「ああ。男の声だ」

「すると、向うには、少くとも男二人はいることになる」

と、十津川は、いった。

逆探知は、通話時間が短かすぎて、無理だったということだった。

正確に、一時間後に、また、電話が鳴った。秘書が、受話器を取る。

「日本道路公団総裁室です」

――おれだ。警察には、連絡してないだろうな？

「していません」

――間違いないな？

「ありません。これから、どうしたら、いいんですか？」

――あわてなさんな。総裁の車があるな？

「あります」

――自動車電話はついているか？

「ついています」

――ナンバーは？

「×××」

――よし。二億円持って、車に乗れ。あとの指示は、自動車電話を通じてする

「私は、車の運転が出来ないので、運転手に頼んでいいですか？」

――構わないが、刑事なんか、運転手に仕立てるなよ

「そんなことはしません」

――よし。行け。警察が追《っ》いて来ることがわかったら、この取引きは中止だ

「わかっています」

電話が切れると、秘書は、十津川の指示に従って、一億円ずつが入っていることになっているボストンバッグ二つを下げて、総裁室を出た。

十津川は、刑事の一人を、運転手の代役にさせようかと、一瞬、考えたが、やめてしまった。犯人に気付かれたらまずいと思ったのである。

その代りに、三台の覆面パトカーを使って、見張る方法を取ることにした。吉田警部も、同じ方法を取ることになっている。

秘書の乗った黒のセンチュリーが、出発すると同時に、まず、西本と、日下の乗った覆面パトカーが、尾行に移る。

続いて、三田村と、北条早苗の車が、出発し、最後に、十津川と亀井の車が、尾行ゲームに参加した。

その車の中でも、十津川は、吉田と、携帯電話を使って、連絡を取り続けた。

秘書の乗ったセンチュリーは、最初、皇居の周囲を、ゆっくり、廻り始めた。多分、犯人は、その間に、警察の尾行があるかどうか、調べているのだろう。

「型にはまってるな」

と、十津川は、呟いた。

その言葉には、不安のひびきがあった。恐喝し、その答えがイエスなら、白い胡蝶蘭の鉢を置けというのも、型に、はまっているのだ。

これが、犯人の発想の貧しさを示しているのなら、犯人逮捕は、簡単だろう。

吉田からの電話では、同じように、犯人の指示を受けたJR東日本社長の黒のニッサンプレジデントは、新宿と、調布の間で、甲州街道を、行き来しているという。

これも、多分、その間に、警察の尾行の有無を確認しているのだろう。

「犯人の考えることは、こちらの想像の域を、出ていないな」

と、十津川は、亀井に、いった。

一時間近く、この行動が続いたあと、黒のセンチュリーは、突然、甲州街道に入って、西に向った。

「いよいよ、犯人は、二億円を、受け取る行動に入るな」

と、十津川は、亀井に、いった。

犯人は、嫌《いや》でも、姿を現わすだろう。そうなれば、逮捕のチャンスが、生れてくる。

センチュリーは、調布を越しても、西に向って、走り続ける。

「人気《ひとけ》のない場所に連れて行って、二億円を奪う気でしょう。二億円が、ニセだと気付かれる前に、逮捕したいですね」

と、亀井が、いった。

黒のセンチュリーは、府中を過ぎてから、北へ折れた。

周囲に、雑木林や、冬枯れの畠《はたけ》が、広がる。

――今、駐車場に入りました

と、先頭に立って尾行している西本たちから、連絡が入ってくる。

「どんな駐車場だ？」

――畠を潰《つぶ》して作った駐車場で、屋根はありません。一台も車がとまっていないので、私たちはこのまま、通過します

「私たちが、その駐車場にとめる。君たちと、三田村君たちは、包囲する恰好《かっこう》で、待機してくれ」

と、十津川は、いった。

八分で、問題の駐車場に着いた。

ただの広場という感じで、チョークで、枠が作られているだけである。三十台くらいの駐車場で、黒いセンチュリーは、右隅に、とまっていた。

十津川と、亀井は、その対角線の隅に、車を入れた。

その五、六分後に、今度は、ＪＲ東日本の黒のプレジデントが、この駐車場に、入って

来て、センチュリーの隣りに、駐《と》めた。これも、犯人の指示によるものだろう。

吉田から、十津川に、携帯電話の連絡が入る。

——私たちも、その駐車場に入ったのでは、怪しまれるので、少し離れた場所に、待機する。何かあったら、すぐ、知らせてくれ

「了解した。その駐車場を包囲する形で、待機していて欲しい。犯人が現われたら、絶対に、逃がしたくないからね」

と、十津川は、いった。

五分、六分と、経過した。が、犯人が、四億円を受け取りに、現われる様子は、なかった。

並んで駐まっているセンチュリーと、プレジデントの車内では、秘書二人が、不安気に、窓ガラス越しに、周囲を見廻している。

十分、十五分とたった。

「われわれが、いるので、用心して、犯人が現われないのかも知れませんね」

と、亀井が、小声で、いった。

「そうだな。いったん、この駐車場を、出て行くことにするか」

と、十津川も、いった。

亀井が、肯いて、エンジンをかけた時だった。

突然、駐車場に、爆発音が、一回、二回と、ひびきわたった。

4

見ると、並んで駐めてあるセンチュリーと、プレジデントが、白煙に包まれている。

秘書と、運転手たちが、あわてて、車から、飛び出してくる。どの顔も、真っ青だ。

それを見て、十津川は、思わず、

「バカ！」

と、怒鳴《どな》った。

二人の秘書が、手ぶらで、車から飛び出していたからだった。

車の中のボストンバッグの中には、それぞれ、二億円の札束が入っていることになっているのだ。それを放り出して、逃げ出しては、中身が、インチキだと、喋っているようなものではないかと、思ったからだった。

二台の車に、炎が移って、燃え始めた。

秘書や、運転手たちは、ただ、呆然と、車が、燃えるのを、見守っている。

「火を消そう」

と、十津川は、いった。

「刑事がいることが、わかってしまいますよ」

「向うは、とうに、見すかしてるんだ」

十津川は、腹立たしげにいい、消火器を持って、覆面パトカーを降りた。

亀井も、消火器を持ち出して、二台の車の消火に取りかかった。

吉田の覆面パトカーも、駆けつけた。

一緒になって、消火に当る。

「どうなってるんだ？」

と、吉田が、きく。

「よくわからないが、多分、犯人は、地面の下に、爆薬を仕掛けておいて、わざと、その上に、車を駐めさせたんだ。並べてね」

「そして、爆発させたのか」

「ああ。バッグの中に、ホンモノの札束が入っていれば、必死になって、それを持って、逃げるだろう。だが、バッグの中が、ただの紙切れなら、放り出して逃げる」

「犯人は、試したのか？」

「そうだ。きっと、犯人は、何処かで、ニヤニヤ笑いながら、見ていたのさ」

「何処で？」

と、吉田が、あわてて、周囲を見廻した。

十津川は、笑って、

「この駐車場は、塀《へい》もない。ただの広場みたいなものだし、周囲は、畠だ。どこからだって、双眼鏡で、監視できる。だから、ここを選んだのだろうな」

車の火は、消火器で、すぐ、消し止めることが出来た。もともと、爆発音だけは大きかったが、強力な火薬は、使われていなかったに違いない。

十津川が乗って来た覆面パトカーで、無線電話が、鳴った。

十津川は、戻って、受話器を取った。

――私だ

と、三上刑事部長の声が、いった。

「こちらは、失敗でした」

――わかってる。今、犯人が、知らせてきたよ。電話でね

「犯人がですか？」

――そうだ。これで、交渉は決裂、予告したとおり、二つのトンネルを爆破すると、宣言したよ。戦場は、雪の越後湯沢だ。君と、亀井刑事は、すぐ、行ってくれ。向うの県警

には、連絡しておく
「ここに、爆発物の専門家を、寄越して下さい」

――今更、そこを調べても仕方がないだろう
「犯人が、どんな爆薬を使ったか、知りたいんです」

――わかった。手配しよう
と、三上は、いった。

亀井が、顔を、煤《すす》だらけにして、戻って来て、

「何か、連絡がありましたか？」

と、きいた。

「三上部長からだった。犯人は、これで、交渉を打ち切り、予告どおり、二つのトンネルを爆破すると、いってきたらしい」

と、十津川は、いった。

「犯人は、われわれが、ニセの札束を渡そうとしたので、それに、腹を立てて、宣戦布告をしてきたということですか？」

「そうだ」

「犯人も、ずいぶん、性急《せいきゅう》ですね」

「そうだな。三上部長は、僕と君に、すぐ、湯沢へ行けと、いっている」

「行きましょう」

と、亀井は、肯いた。

二人は、その場から、東京駅に向った。一時間でも早く、向うへ着いていたかったからである。

一四時〇八分の上越新幹線「あさひ３１７号」に乗り込んだ。

亀井は、車内販売で、コーヒーを二つ注文し、一つを、十津川に渡してから、

「さっき、いいかけたことですが――」

「犯人のことだったかな？」

十津川は、紙コップのコーヒーに、砂糖と、ミルクを入れながら、きく。

「そうです。なぜ、犯人は、腹を立てて、いきなり、宣戦布告をしてきたのか、それが、不思議な気がしまして」

「なぜだい？　騙《だま》されたと思ったから、怒ったんだろう」

「しかし、警部。金が、欲しければ、もう一度、接触してくるんじゃありませんか？　これまでの誘拐や、恐喝事件は、全て、そうでした。もう一度、チャンスをやるから、金を都合しろと、いってきています。一度の失敗で、簡単に諦《あきら》める犯人というのは、めったに

いませんよ。誘拐だって恐喝だって、目的は、金なんです」

「だから？」

「今回の犯人の行動は、おかしいです」

と、亀井は、いった。

十津川は、コーヒーを、一口、飲んでから、

「どうおかしいんだ？　犯人は、冷静に、順序を踏んで、ＪＲ東日本と、日本道路公団を恐喝している。それぞれに、二億円を要求し、それが、駄目とわかって、予告どおりに、トンネルを爆破すると宣言した。別に、おかしいところはないと思うんだが」

「一見したところ、おかしくないように見えますが、今、いったように、たった一度、失敗したといって、すぐ、金を諦めてしまうのが、理解できないことの、一つです。第二に、今日の犯人の行動を見ると、こちらが、ニセモノで、騙すのを、最初から、わかっていたような気がするんです。それなのに、犯人は、わざとのように、手順を踏んで、金を要求してきました。警部も、いっておられたじゃありませんか」

「白の胡蝶蘭か」

「そうです。犯人は、本当に、金が、欲しかったんでしょうか？」

「カメさんは、そこまで、考えるか」

「今回に限っては、そこまで、考えてしまいますね。どうも、今回の事件は、引っかかって、仕方がないんです」

と、亀井は、いった。自分で、自分の疑問を、持て余している感じだった。

十津川は、コーヒーカップを、前に置いて、煙草に火をつけた。

「犯人は、金が欲しくないとすると、何が、目的だと、カメさんは、思うんだ？」

「ＪＲ東日本か、日本道路公団に対する恨みではないかと――」

と、亀井は、いった。

「怨恨《えんこん》か？」

「そうです」

「トンネルを狙うのは？」

「そこに、何か、怨恨の根元があるのかも知れません」

「しかし、金なんか欲しくないのに、なぜ、犯人は、金を要求したんだろう？」

と、十津川は、きいた。

「それは、犯人が、動機を知られまいとして、儀式めいたことを、してきたんじゃないかと思います。脅迫状、二億円、白い胡蝶蘭の合図、取引きの電話。全てが、あまりにも、型どおりのことです。そうやれば、金欲しさのトンネル爆破と、われわれが考えると、計算したんじゃありませんかね」

と、亀井は、いった。

「動機を隠せば、われわれが、犯人に、辿りつけないと、計算したというわけか」

「そうです」

と、亀井は、肯く。

十津川は、考え込んだ。確かに、亀井のいうとおり、今回の犯人の動きは、型にはまり過ぎている。

恐喝というか、ゆすりの定番の型なのだ。当然、ゆすられたＪＲ東日本も、日本道路公団も、捜査に当る警察も、金欲しさの犯行と考える。

犯人の狙いは、それなのか。

「向うに着いたら、調べてみるかな」

と、十津川は、呟いた。

「怨恨の線をですか？」

と、亀井が、きく。

「そうだよ。ＪＲ東日本と、日本道路公団を、恨んでいる人間はいないかどうかだ。特に、二つのトンネルの関係でね」

と、十津川は、いった。

「それは、調べる価値はあると、思います」

「ただ、時間がね。犯人は、二十五日に、トンネルを爆破すると、予告している。明日だ。だから、その対応に追われて、怨恨説の調査をしている余裕は、今は、無いかも知れない」

と、十津川は、いった。

二人を乗せた列車は、上毛高原駅を過ぎて、大清水トンネルに入った。

一瞬、十津川の神経が、緊張したのは、やはり、トンネル爆破という言葉が、頭にあるからだろう。

窓に顔を寄せて、延々《えんえん》と続くトンネルの壁に、眼をやった。時々、角張った照明が、眼に飛び込んでくるが、窓ガラスに、自分の顔が映ってしまって、トンネル内の様子は、よく見えない。

急に、視界が、明るくなった。

トンネルを抜けたのだが、越後湯沢は、吹雪《ふぶき》になっていた。

一五時三三分、定刻に、列車は、越後湯沢駅に着いた。

すでに、スキー・シーズンに入っているのだが、スキーを持って、列車から降りた客は、

十五、六人しかいなかった。

今日は、クリスマス・イヴだから、今夜あたりから、増えてくるのかも知れない。いずれにしろ、これから、年末になれば、スキー客も、温泉客も、増加してくることは、間違いなかった。

それは、当然、新幹線の一編成当りの乗客が増えることを意味しているし、関越トンネルを通過する自動車の数が増えることを、意味している。そして、事故が起きれば、死傷者が、間違いなく、増加するだろう。

二人は、ホームから下におり、改札口を出た。

駅は大きいが、出口は小さく、タクシーのりばも、一ヶ所しかない。

その上、風と一緒に、雪が出口から、吹き込んでくる。それを我慢して、タクシーのりばに並んだが、いっこうに、タクシーが、やって来なかった。

さっき、スキーを担いで降りた若者たちは、ホテルから、迎えの車が来て、それに乗って、消えてしまい、十津川と、亀井だけが、取り残されてしまった。

「参りましたね」

と、亀井が、顔をしかめた。

眼の前を、県警のパトカーが、通り過ぎたが、その車が、急に、戻って来て、二人の前に、とまった。

窓から、顔を出したのは、中田警部だった。

「お送りしますよ。何処へ行かれるんですか？」

「ひとまず、ホテルに入って、それから、中田さんに、連絡するつもりだったんですが」

と、十津川は、いった。

「それなら、ホテルまで、お送りしましょう」

と、中田は、いってくれた。

Nホテルまで送って貰い、そこのロビーで、十津川は、中田と、話し合った。

「犯人が、戦う気だということは、聞きました。JR東日本と、日本道路公団と、常に、連絡を取り合って、犯人と戦うことになっていますよ」

と、中田は、いった。

「犯人は、今のところ、男二人と、女一人は、間違いないと思います。つまり、最低、三人の人間がいるということです」

と、十津川は、いった。

亀井が、ティー・コーナーから、コーヒーを貰って来て、それを、二人に配ってから、自分も、話に加わった。

「私は、何とかして、犯人像を知りたいと思っているんです。十津川さんは、どう思われますか？」

と、中田が、きいた。

「そうですね。彼等は、冷静だということは、よくわかります」

と、十津川は、いった。

「どんな風にですか？」

「ここへ来る新幹線の中で、カメさんとも、話したんですが、連中は、最初から、ＪＲ東日本も、日本道路公団も、それに、警察も、金を払わないことを予期していたと思われるのです。それなのに、型どおりに、金を要求し、その金を、運ばせています。そして、最後に、何もかも、わかっているのだぞというように、ドカンです」

と、十津川は、苦笑してみせた。

「ということは、犯人は、最初から、大清水トンネルと、関越トンネルを、爆破する気でいると、いわれるんですか？」

中田は、疑わしげな眼で、十津川を見た。

「そう考えざるを得ないのです」

と、十津川は、いった。

「それなら、なぜ、二億円ずつ、要求してきたんでしょうか?」

「本当の理由は、わかりませんが、多分、金目的の恐喝と、われわれに、信じさせたいんではないか。そう思っているんですが」

と、十津川は、いった。

「ややっこしい犯人ですね」

と、中田が、いった時、フロント係が、十津川に、東京から送られてきたFAXを、持ってきた。

十津川は、それを受け取り、中田に、

「東京で、どんな爆発物が使われたか、それを、調べて、報告してくれるように、頼んでおいたのです」

と、話してから、眼を通した。

「どんな報告ですか?」

中田が、きいた。

十津川は、微笑して、

「予想したとおりです。駐車場の地面を、浅く掘って、そこに、時限装置つきの爆発物を仕掛けておき、時間に合せて、JRと、日本道路公団の車を、とめさせたわけです。面白いのは、使用された爆薬で、花火用の黒色火薬と、発煙筒《はつえんとう》だそうです」

「どういうことですか？」

「最初から、脅かすだけの目的だったということです。最後は、車に、火が、ついてしまいましたが、車の床には、穴は、あいてなかったということです。車に乗っていた秘書や、運転手を、殺傷する気は、全くなかったということです」

と、十津川は、いった。

中田は、皮肉な眼つきになって、

「まさか、犯人が、ヒューマニストだなんて、いわれるんじゃないでしょうね？」

「必要以外に、人を、殺さないという信念を持っているのかも知れません」

と、十津川は、いった。

「しかし、東京で、女子大生を一人、殺しているじゃありませんか」

と、中田は、いう。

「それも、犯人の気持の中には、これは止むを得ないことなのだというのが、あったんじゃありませんかね」

「勝手な理屈ですね」

「そうです。勝手な理屈です」

と、十津川も、肯いた。

「つまり、犯人は、冷静に、計算して、行動しているということです」

と、亀井が、いった。

「いくら、冷静でも、両トンネルを、爆破するのは、不可能ですよ。今日から、県警は、刑事を動員して、守りますからね。群馬県警も協力します」

中田は、自信にあふれた声で、いった。

彼が、帰ったあとも、十津川と、亀井は、ロビーで、大きな窓ガラスの向うに降り続ける雪を見ながら、話し合った。

「犯人は、本当に、二つのトンネルを、爆破する気で、いるんでしょうか？」

と、亀井が、きく。

「その気だろうね」

「しかし、新潟と、群馬の両県警が、トンネルの出入口を、かためているそうですからね。まず、不可能なんじゃありませんか」

と、亀井は、いった。

「犯人も、警察が、トンネルの出入口を、かためることは、予想している筈だよ」

と、十津川は、いった。

「それでも、やりますか？」

「ああ」

「どうやってですか？　爆薬を持って、トンネルに入って行くことは、不可能でしょう。警察が、出入口を、かためますから。となると、警部が、前にいわれたように、列車か、自動車に、爆薬を仕掛けて、トンネル内で、爆破させる方法しかありませんが、それも、湯沢と、上毛高原の両駅でのチェックと、関越の場合は、パーキングエリアでのチェックで、不可能になると思いますが」

　と、亀井は、いう。

「そのことなんだがねえ――」

　と、十津川は、いって、しばらく、外の雪景色を、見ていた。

　亀井は、黙って、十津川の次の言葉を待っている。

「カメさん」

「はい」

「犯人は、二つのトンネルを、同時に、爆破する気なんだろうか？」

　と、十津川は、いった。

「二つとも、爆破すると、宣言していますが」

「そうなんだが、ひょっとすると、片方が、本命で、もう一つは、陽動作戦に使うかも知れない。そんな気がして、仕方がないんだよ」

と、十津川は、いった。

「なぜ、そう思われるんですか？」

「今度の事件が、金目的でないとすると、カメさんのいうとおり、怨恨が、動機ということになってくる」

「ええ――」

「もし、怨恨説なら、大清水トンネルと、関越トンネルの両方に、恨みを持つというのは、ちょっと、考えにくいからだよ」

と、十津川は、いった。

「なるほど。確かに、両方に恨みを持つというのは、変かも知れませんね」

「だから、犯人が、本当に爆破したいのは、大清水トンネルか、関越トンネルのどちらかなのではないか」

「警部は、どっちだと、思われますか？」

「それが、わかれば、対処の方法も、変ってくると、考えているんだがね」

と、十津川は、いった。

雪は、依然《いぜん》として、降り続いている。

明日になれば、この雪の中で、犯人との戦いが、待っているのだと、十津川は、思った。

第四章　コントロール・ルーム

1

十津川は、怨恨説が強いことから、JRの大清水トンネルと、日本道路公団の関越トンネルで、ここ二年の間に、人身事故が起きたことがないか、調べることにした。

まず、JR東日本が、回答してきたのは、次のようなものだった。

去年の八月十日、大清水トンネル内で、停電のため、下りの「あさひ331号」が、立ち往生した。

二〇時〇三分のことである。二十五分後に、停電はなおり、乗客は、無事だった。停電の原因は、落雷だった。

この他に、ここ二年間、大清水トンネル内での事故は、起きていない。

関越トンネルでは、日本道路公団の報告によると、一昨年に二件、昨年三件の事故が起きていた。

一昨年の二件は、いずれも、上りのトンネル内で起きた追突事故である。負傷者が二名出ていて、救急車で、近くの病院に運ばれたが、一ヶ月後と、二ヶ月後に、退院した。

昨年の三件は、上りのトンネル内で一件、下りで二件である。

問題と思われるのは、この中の去年三月十五日に下りのトンネル内で起きた八台の玉突き事故だろう。

トンネル内で、まず、大型トラックが故障で停車、そこへ、次々に、後続の車が、追突した。

火災が起き、運転手たちは、避難トンネルに逃げたが、三台目の乗用車に乗っていた若いカップルが、逃げおくれて、死亡している。

この二人以外に、関越トンネルで、死亡事故は、起きていない。

死亡したカップルは、東京の男女で、名前は、次の通りだった。

檜山《ひやま》功《いさお》（二十五歳）
桜井ひろみ（二十歳）

「怨恨ということになると、このカップルですかね」

と、亀井が、いった。

「しかし、追突事故は、運転者が、ちゃんとした車間距離をとってなかったことが、原因だよ。トンネル内の消火設備は、きちんと働いたというし、トンネル内の放送は、運転者たちを、避難トンネルに誘導している」

と、十津川は、いった。

「しかし、警部。人間というのは、理屈で納得するわけじゃありません。そこに感情が入りますから」

と、亀井は、いった。

「このカップルの家族は、トンネルが悪いと思うというわけか？」

「そういうことも、考えられますよ」

「だが、今度の犯人は、ＪＲと、日本道路公団の両方を、脅迫している」

「日本道路公団だけを脅迫したら、自分のことが、わかってしまうと、考えたからじゃありませんか」

と、亀井は、いった。

「そうかも知れないが、やはり、関越トンネルにだけ、注目するのは、危険だな」

と、十津川は、いった。

「その通りです」

「ただ、念のために、このカップルについて、東京に知らせて、家族の動きを、調べて貰うことにしよう」

と、十津川は、いい、すぐ、東京の捜査本部に、電話連絡した。

そうしている間にも、時間は、容赦《ようしゃ》なく、たっていく。

そして、雪は、降り続いている。

「また、積もりますよ」

と、亀井は、いった。

「そうだな。明日の二十五日は、犯人だけでなく、雪とも戦わなければならなくなりそうだよ」

と、十津川は、いった。

東北生れで、東北育ちの亀井は、落ち着いているが、東京人の十津川にとっては、二メートル、三メートルという積雪は、想像を超えるもので、不安になってくるのだ。

「少し眠っておこう」

と、十津川は、亀井に、いった。

2

犯人は、二十五日に、大清水トンネルと、関越トンネルを、爆破すると、予告した。

その二十五日を、犯人が、何時から何時までと考えているのかが、問題だった。

数字的にだけ考えれば、二十五日の午前〇時から、ということになる。

果して、犯人は、どう考えているのだろうか？

ＪＲの大清水トンネルの方は、午前〇時には、列車は、動いていない。

下りの最初の列車が、越後湯沢に着くのは、午前七時一八分である。

また、上りが、越後湯沢を出るのは、午前六時三四分である。

犯人が、大清水トンネルを、爆破しようとするのは、列車が、動き出してからだろうか？

だが、犯人の思惑《おもわく》を、あれこれ考えて、それに合せようとするのは、危険だった。

それに、関越トンネルの方は、二十四時間、車は、走っている。

結局、どちらも、二十五日の午前〇時から、爆破に、備えることに決った。

ＪＲ東日本の保線係が、雪の降り続く中で、交代で、大清水トンネルの両出入口の、監視を始めた。

関越トンネルも、同じだった。道路公団の職員が、上り、下りの二本のトンネルを監視し、それに、新潟、群馬の両県警の刑事が、協力した。

ＪＲ東日本の大清水トンネルについて、新潟県警の中田警部が、トンネルの両側の越後湯沢駅と、上毛高原駅で、車内検査をすることにしたいと、提案したが、考えてみると、下りの場合、「とき」は、上毛高原に停車するが、「あさひ」の殆どは、停車しない。そこで、下りの「あさひ」は、高崎駅か、始発の東京駅で、車内検査が、行われることになった。

短い仮眠をとった十津川と、亀井も、二十五日の午前〇時には、起き出して、新潟県警のパトカーに乗っていた。ＪＲ、日本道路公団のどちらで、事件が起きても、駆けつけられるためだった。

雪は、依然として、降り続いている。

日本道路公団では、関越トンネルの入口周辺の降雪のため、除雪車を出動させた。ただ、気象情報によれば、夜明け頃には、雪は、止むだろうということだった。

午前一時、二時と、経過していく。が、両トンネルで、事故が起きたという知らせは、入ってこなかった。

関越トンネルの両側、谷川岳パーキングエリアと、土樽パーキングエリアでは、通過する車の検査が、実施されている。

万一の事故に備え、谷川岳パーキングエリアには、自主救急基地が設けられ、救急車が、待機することになった。

気温は、低下し、チェーン規制が敷かれている。

午前六時半を過ぎると、ようやく、雪が小止みになってきた。

関越トンネルを通過する車の数が多くなってきて、間もなく、大清水トンネルを通る列車も、動き出すだろう。

（いよいよ、危険な時間帯に入ってきたな）

と、十津川は、思った。

午前六時三四分。越後湯沢発、東京行の上りの始発「とき４５０号」が、車内点検をすませて、出発し、大清水トンネルに入って行った。

六時五一分。高崎駅で、点検をすませた下りの「あさひ５０１号」が、新潟に向って、出発した。

夜が、明けてきた。

予報どおり、雲が切れて、雪は止み、朝の光が、洩《も》れてくる。

警察のヘリコプターが、両トンネルの頭上を飛び始めた。犯人に対する威圧《いあつ》の効果はあるだろう。

車内点検のため、上越新幹線は、少しずつ、遅れが出てきた。

関越の方では、同じ理由で、トンネルの両端の二つのパーキングエリアに、車が、滞《とどこお》り始めた。

土樽パーキングエリアは、二六九台分の駐車場があり、谷川岳パーキングエリアには、一四一台分の駐車場がある。

スキー・シーズンのため、スキーを目的に車でやって来た若者たちと、係員の間で、小さな口論が生れているという報告が、十津川の耳にも、入ってきた。

混乱が起きているのは、新潟に抜けようとする下り側のトンネルの方だった。

谷川岳パーキングエリアは、駐車台数も少いし、若者たちは、一刻も早く、関越トンネルを抜けて、新潟に入り、滑りたいのだろう。

十津川は、亀井と、パトカーで、上りの関越トンネルを抜けて、様子を見に行ってみることにした。

トンネルの入口までの間、延々と、雪景色が、続く。

道路は、除雪をすませているが、除雪した雪が、道路の片側に、土手となって、どこまでも続いているのだ。

眼を遠くにやると、この厳戒態勢など知らぬ感じで、スキー場のリフトが、のんびりと動いているのが見える。

上りのトンネルに入る。

オレンジ色の光の中を、十津川たちのパトカーは、走る。

天井を通っている水噴霧ノズル、五〇メートル間隔に置かれた赤い消火栓、二〇〇メートル間隔に設けられた監視カメラ、七〇〇メートル間隔に作られた避難連絡トンネル。そんなものが、眼に飛び込んでくる。

下りトンネルにも、同じものが、設けられている筈だった。

トンネル内の電光表示板が、「車間距離ヲ取レ」と、指示している。今のところ、上りトンネル内の車は、スムーズに、動いている。

トンネルを抜け、十津川たちは、谷川岳パーキングエリアに向う。

報告の通り、パーキングエリアは、車があふれていた。

警察と、道路公団の職員が、一台一台、綿密に点検してから、トンネルに入るのを許可するため、自然に、車が、パーキングエリアに、溜《たま》ってしまうのだ。

突然、パトカーの無線に、下りの「あさひ３０７号」の車内で、不審なボストンバッグが、発見されたという報告が、飛び込んできた。

大部分の「あさひ」は、上毛高原には、停車しないのだが、この「あさひ３０７号」は、一〇時〇四分に、上毛高原に、停車する。

問題のボストンバッグが見つかったのは、上毛高原駅だった。

十津川と、亀井は、直《ただ》ちに、上毛高原駅に向った。

３

上毛高原駅は、緊張に包まれていた。

高架になっているプラットホームには、群馬県警の警官たちと、駅員しかいない。

問題の列車の姿は、もうなかった。

群馬県警の三木警部が、十津川に、説明してくれた。

「『あさひ３０７号』は、ボストンバッグ以外に、不審なものは、見つかりませんでしたので、発車させました」

「それで、ボストンバッグは？」

「ホームの端に置いて、爆発物処理班の到着を待っているところです」

と、三木は、いった。

なるほど、ホームの一番端に、ボストンバッグが、ポツンと置かれてあった。

数分して、爆発物処理班が、到着した。彼等が、爆風よけの盾《たて》を構えて、ボストンバッグに近づこうとした瞬間、爆発が起きた。

轟音《ごうおん》が、空気をふるわせ、閃光が走った。

十津川たちは、コンクリートのホームに、身を伏せた。

だが、それほど、大きな爆発ではなかった。ボストンバッグの近くのホームの窓ガラスが割れ、ホームのコンクリートが、小さくえぐられたが、それだけで、終った。

ボストンバッグは、無残にちぎれ、中にあった爆発物は、四散し、破片が、プラットホームに、散らばっている。

「犯人は、ＪＲを狙う気ですかね？」

と、亀井が、小声で、きいた。いや、十津川の耳が、今の爆風で、じーんと鳴ったようになり、相手の声が、小さく聞こえたのだ。

「関越トンネルも、狙うかも知れない」

とだけ、十津川は、いった。

二人は、あとを、群馬県警に委《まか》せて、階段をおり、パトカーに戻った。やっと、耳鳴りが、治ってきた。

「これで終れば、いいんですがね」

と、パトカーの中で、亀井が、いった。

「いや、これは、多分、始まりだよ」

と、十津川は、いった。

「警部も、そう思われますか？」

「ああ。トンネルを爆破しようというにしては、小さかった。まず、小さな爆発物を、車内に置いて、こちらの反応を見たのかも知れない」

と、いった。

谷川岳パーキングエリアに戻った時、関越トンネルに、二つある換気塔の一つ、谷川立《りっ》坑《こう》付近に、不審者発見の知らせが、飛び込んだ。

普段の時なら、冬山登山の人間が、まぎれ込んだのだろうぐらいに考えるのだが、時が、時だけに、緊張が走った。

換気塔は、地上から、約四十メートルの高さである。それでも、登って、爆発物を、投げ込まないとは、限らない。

位置は、谷川の上流である。

ヘリコプターが、急行し、群馬県警の山岳救助隊が、直ちに、調査に向った。

一時間半後に、この事件は、解決した。

不審者と思われたのは、高崎市内に住むアマチュア・カメラマンで、谷川の上流付近の写真を撮ろうとして、山に入り、たまたま、谷川立坑を見て、写真を撮っていたのだという。

群馬県警では、山岳救助隊の警官二人が、現場に残り、テントを張って、監視に当ることに決った。

この知らせを受けて、新潟県警でも、新潟県側にあるもう一つの換気塔、万太郎立坑に、警官二人を向わせ、そこに、テントを張らせることに、決めた。

十津川と、亀井は、谷川岳パーキングエリアで、昼食をとった。

食券を買い、ラーメンを食べていると、駐車場で、騒ぎが起きた。パトカーのけたたましいサイレンの音が、聞こえる。

二人は、食事の半《なか》ばで、外へ飛び出した。

駐車場の一角で、群馬県警の警官が、一台の車を取り囲み、野次馬を排除しているところだった。

東京ナンバーの中型トラックだった。

群馬県警の爆発物処理班が、駆けつけた。上毛高原駅で会った連中だった。

問題の中型トラックは、新潟市内に、テープレコーダーを運ぶところだったが、この谷川岳パーキングエリアで、警官の指示を受けて、積荷を調べると、見たことのない小さな段ボール箱が、見つかったというのである。

爆発物処理班は、その段ボール箱を、鉄の桶《おけ》に入れ、パーキングエリアから、近くの空地に、運び出した。

十津川と、亀井は、その処理を見るために、パトカーで、彼等の後に、従った。

山の麓《ふもと》の空地で、慎重に、段ボール箱は、鉄の桶から取り出され、フタが、開けられた。中に入っていたのは、透明なプラスチックケースで、ダイナマイト三本と、目覚時計が、見えた。

一瞬、処理班の刑事たちの表情が、引き攣《つ》ったが、時限装置と見られる目覚時計は、止っていた。何かの故障で、動かなかったらしい。

刑事たちの表情に、安堵《あんど》の笑《え》みが洩れた。

県警の三木警部が、十津川の傍に寄って来て、

「十津川さんは、どう思われますか？」

と、きいた。

「犯人の動きですか？」

「そうです。これで、ＪＲの上越新幹線と、関越自動車道の両方で、一つずつ、爆発物が、

見つかりました。これで、終りですかね？　それとも、これは始まりですか？」

と、三木が、真剣な表情で、きいた。

十津川は、腕時計に眼をやった。

「二十五日が終るまでに、まだ、十一時間もあります」

「まだ、まだ、やってくると思うわけですか？」

「そう思っていた方が、いいと思いますね」

と、十津川は、いった。

「もう一つ、聞きたいことがあるんですが」

「どんなことですか？」

「今の時限爆弾と、上毛高原のやつですが、どちらも下りの車と、列車に、仕掛けられていました。と、いうことは、犯人が、狙うのは、下りと決めて、いいでしょうか？」

と、三木は、きいた。

「そうですね。犯人は、東京方面にいるということを示しているとは思いますが、犯人は、二人以上ですから、決めつけて、対応するのは、危険だと思いますね」

と、十津川は、いった。

午後一時半過ぎ。

上越新幹線の高崎駅で、下りの「とき407号」の車内で、不審物が、発見されたという報告が入った。

今度は、白いスーツケースだという。

十五分後に、そのスーツケースの中から、時限爆弾が見つかったが、爆発時間は、一四時〇五分にセットされていた。この爆発物は処理された。

一四時〇五分にセットしたのは、「とき407号」が、その時刻に、大清水トンネルに入っていると、計算したのだろう。

関越自動車道でも、午後三時過ぎになって、二つ目の時限爆弾が、見つかった。

前と同じ東京ナンバーの車だった。白のソアラに、四人の若者が乗り、新潟のスキー場に向う途中だった。

四対のスキーを屋根に積み、トランクには、スキー靴や、スノーボードなどを押し込んでいるので、トランクは、閉まらず、ロープで留めて、走って来たという。

いつの間にか、そのトランクに、時限爆弾の入った茶色い紙袋が、放り込まれていたのである。

前のトラックの運転手も、いつ、段ボール箱が、荷台に置かれたのか、気がつかなかったと、証言した。

二つ目の時限爆弾も、群馬県警の爆発物処理班が、処理したが、トラックの運転手と、ソアラの四人の男女は、県警の三木警部が、詳しく、事情を聞くことになった。

この事情聴取には、十津川と、亀井も、同席させて貰った。

まず、地図で、トラックと、ソアラの出発地点を確認する。

車が、走っている時に、爆発物の入った段ボール箱や、紙袋を、投げ込むのは、無理だろう。とすれば、どこかで、止まった時に違いない。

トラックと、ソアラが、どこかで、止まった時に、犯人が、投げ込んだと、考えていいだろう。

もし、トラックと、ソアラが、同じ場所に、止まったとすれば、犯人は、ずっと、そこにいて、投げ込んだ可能性が、強くなってくる。

トラックの運転手と、ソアラの四人に、東京を出てから、谷川岳パーキングエリアまでの間で、どこで、車を止めたかを、聞いてみた。

トラックの運転手は、豊島区要《かなめ》町の工場から出発して、練馬区谷原《やはら》から、関越自動車道に入っている。

ソアラの四人は、新宿区四谷三丁目を出発し、同じく、谷原から、関越自動車道に入った。

この両者が、次に止まったのは、関越の高坂サービスエリアだと分った。埼玉県内である。

トラックの運転手は、朝食を食べずに出て来たので、ここで、食事をしている。

ソアラの四人は、その中の一人が、トイレに行きたくなって、高坂サービスエリアで、車を止めていた。

この他に、都内の信号で止めたことはあっても、谷川岳パーキングエリアまで、トラックの運転手も、ソアラの四人も、車を、止めていないと、いった。

「高坂サービスエリアで、不審な人間を見かけなかったかね？」

と、十津川は、きいた。

トラックの運転手は、食事で、車を離れているから、期待できなかったが、十津川は、四人の男女の方に、期待を持った。

しかし、四人の返事を聞くと、その期待は、あっけなく、消えてしまった。

男二人、女二人の四人のうち、女の一人が、トイレに行きたいといって、高坂サービスエリアに止めたのだが、もう一人の女も、トイレに行くといって、車からおり、その間に、男二人は、煙草を買いに、車から離れてしまったというのである。

十津川は、三木警部に礼をいって、自分たちのパトカーに戻った。

「あれでは、どうしようもありませんね」

と、亀井が、吐き捨てるように、いった。

「それでも、収穫は、あったよ」

と、十津川は、いった。

「どんな収穫ですか？」

「爆弾は、関越自動車道の高坂サービスエリアで、車に投げ込まれた可能性が出てきたことだよ」

「それは、そうですね」

「しかも、トラックに投げ込まれた時刻と、ソアラに投げ込まれた時刻の間には、二時間余りの差があるんだ。高坂サービスエリアで、二時間も、止まっていた車を調べ出せば、その車に、犯人が乗っていた可能性が出てくる」

と、十津川は、いった。

「二時間も、犯人は、同じ高坂サービスエリアにいたんでしょうか？」

「それは、わからない。その間に、出入りはしていたろうが、二回、高坂サービスエリアにいたことは間違いないんだ」

と、十津川は、いった。

「なるほど」

「もう一つ、興味のあることがある。高坂サービスエリアが、埼玉県内だということだ」

「それが、今度の事件と、何か関係がありますか？」

と、亀井が、きく。

「上越新幹線には、埼玉県内に熊谷駅がある。そして、高崎駅で、爆弾入りのスーツケースが見つかった『とき４０７号』は、熊谷に停車するんだ」

と、十津川は、いった。

「なるほど。犯人は、高坂サービスエリアで、爆弾を、トラックに放り込んでから、熊谷駅に行き、問題の列車に、スーツケースを置くことも、出来るわけですね」

と、亀井が、肯く。

「そうさ。一人でも、可能なんだ」

「これから、どうしますか？」

「一度、越後湯沢に戻ろう。群馬県で、新潟県警のパトカーを乗り廻しているのは、おかしいからね」

と、十津川は、笑った。

「しかし、警部。三木警部がいうように、今までの時限爆弾は、全《すべ》て、下りの車線の車と、列車に、仕掛けられています。群馬県側で、見つかっていますが」

と、亀井は、いった。

「ああ、そうだ。だから、次の爆弾も、群馬県側で、見つかるということも考えられるが、犯人は、一人じゃないからね。われわれの注意を、二つのトンネルの群馬県側に集中させておいて、新潟県側で、爆弾を、破裂させることだって、考えられる」

と、十津川は、いった。

「その恐れは、ありますね。行きましょう」

亀井も、急に、不安を覚えたらしく、急いで、車をスタートさせた。

関越自動車道に入り、谷川岳パーキングエリアから、下りの関越トンネルに、進入した。

車は、スムーズに流れている。

今のところ、犯人の意図は、成功していないのだ。

十津川は、ほっとして、窓を小さく開け、煙草に火をつけた。

その時、亀井が、あわてて、ブレーキを踏んだ。

4

あわてて、十津川は、前を見た。

前を行くトラックが、急停車して、危うく、追突しかけたのだ。

そのまま、前のトラックは、動く気配がない。よく見れば、その前の車も、停車している。

後の車も、当然、止まってしまっている。

五分、十分と過ぎても、車の列は、動く気配がなかった。

「様子が、変です」

と、亀井が、いった。

「前方で、爆発でもあったのかな?」

十津川は、緊張した顔でいった。どうしても、そこへ考えが、いってしまう。

「爆発があれば、非常警報が鳴ると思いますが――」

と、亀井は、いった。

下りのトンネルだけで、非常警報装置が、入口、出口に、一基ずつ、トンネル内には十八基、設けられている。

もし、トンネル内で、爆発があれば、それが、作動するだろう。

また、TVカメラは、全部で、八十一台取付けられていると、十津川は、聞いている。

当然、救急車が、駆けつける筈なのだ。

「カメさん。サイレンを鳴らすぞ」

と、十津川は、いった。

けたたましいサイレンをひびかせ、十津川たちの乗ったパトカーは、二車線の、車をかきわけて、走り出した。

十台、二十台と、じゅずつなぎで、停車している車の横を、パトカーは、走り抜けて行く。

前方に、信号が、見えた。

信号は、入口、出口に、二基ずつと、トンネル内に、六基設けられている。

入口、出口の信号は、普通の三灯式だが、トンネル内のものは、二灯式である。

その信号が、赤になっているのだ。

その上、信号の横の電光式の情報板は、

〈危険。停止セヨ〉

と、なっていた。

しかし、前方に、車の姿はない。

「カメさん。構わずに、突っ走ろう」

と、十津川は、いった。

亀井が、アクセルを踏む。サイレンを鳴らして、スピードをあげる。

次の信号も、赤になっている。が、車は、見えない。

十津川たちのパトカーは、フルスピードで、下りトンネルを抜けて、土樽パーキングエリアに出た。

十津川は、無線で、新潟県警の中田警部に、連絡を取った。

「下りの関越トンネルで、トンネル内の信号が故障して、車が、じゅずつなぎになっています」

と、十津川が、いうと、

「おかしいな。そんな連絡は、受けていませんが」

と、中田は、いった。

「しかし、今、下りトンネルを、抜けて来たんですが、信号は、赤です」

「聞いてみます」

と、中田は、いって、いったん、無線を切った。

七、八分して、中田が、無線で、連絡してきた。

「今、どこですか？」

と、中田は、いきなり、きく。

「下りの土樽パーキングエリアです」

「すぐ、そこへ行きます」

と、中田は、いった。

その中田は、下り車線を、サイレンを鳴らしながら、逆走して、やって来た。

彼は、止めたパトカーから、飛び降りるようにして、十津川の車に、駆け寄ると、青い顔で、

「まずいことになりました」

と、いった。

十津川も、中田の様子に、驚きながら、

「何があったんですか？」

「湯沢管理事務所が、占領されました」

「関越トンネルを管理している——？」

「そうです。十津川さんの話を確かめようと、電話を入れたところ、犯人が、電話に出ました」

と、中田は、いった。

聞いていた亀井の顔も、青ざめていく。

「間違いないんですか？」

「間違いありません。犯人は、男で、管理事務所を、占拠《せんきょ》したといっています。拳銃と、爆弾を持ち、警察が、近づけば、爆破すると、いっています」

と、中田は、いう。

「関越トンネルは、そこで、管理しているんでしたね」

「そうです。上り、下りのトンネルとも、湯沢管理事務所で、コントロールしています。ＪＲでいえば、総合指令室です。トンネル内の監視テレビは、管理事務所で、モニターしているし、信号も、あそこで、コントロールされます」

と、中田は、いった。

十津川は、今回のことで、一度、見せて貰っている。

確かに、ＪＲの総合指令室に、似ていた。

ずらりと、テレビ画面が並び、そこに、上り、下りのトンネルの監視カメラの映像が、映る。

壁面には、上り、下りのトンネルの大きな図が、描かれ、車の状況、信号の様子などが、表示されていた。

そこで働くのは、所長以下、二十八名。十四名ずつが、二交代で、勤務している。

興味があるのは、関越トンネルの入口、出口から、数キロ離れた湯沢インターチェンジの傍に、この管理事務所があることだった。

それだけ離れた場所から、関越トンネルの全てが、コントロールされるのである。

建物は、平凡な二階建で、「日本道路公団湯沢管理事務所」という小さな看板が出ているだけである。

その二階に、大きなコントロール・ルームがあった。

「そこで、トンネル内の信号も、コントロールできるんですか？」

と、亀井が、きいた。

「その通りです。下りのトンネルの信号が、赤になっていたのも、湯沢管理事務所で、操作したんだと、思います」

と、中田は、いった。

「犯人の要求は、何ですか？」

と、十津川は、きいた。

「わかりません。が、犯人は、あそこを占領した以上、日本道路公団に向って、何か要求すると、思いますね」

　と、中田は、いった。

「犯人の人数は、わかりませんか？」

　と、十津川は、きいた。

「わかりません。しかし、一人ではないと思います。それに、銃と爆発物を持っているのは、間違いないと、思います」

「湯沢管理事務所へ行ってみましょう」

　と、十津川は、いった。

「パトカーが、近づけば、爆破するといっていますから、この車で、近づくのは、危険です」

　と、中田は、いい、覆面パトカーを呼んだ。

三人は、それに乗りかえて、湯沢に向った。

土樽パーキングエリアから、湯沢インターチェンジまで、五キロ余り、雪の中を走る。

「管理事務所と、関越トンネルの間は、ケーブルで、つながれているわけですね？」

　と、亀井が、中田に、きいた。

「そうです。地中に埋めたケーブルで、つながれている筈です」

と、中田は、いってから、

「それを、切断すれば、管理事務所で、上り、下りのトンネルをコントロールできなくなりますが、切断は、難しいし、そんなことをしてしまったら、復旧が、大変です」

と、付け加えた。

湯沢インターチェンジに着くと、四角い、二階建の建物が、見えた。

その前の駐車場には、五、六台の車が、止まっている。

その駐車場の端に、中田は、車を止めた。

何か、異様に、その建物が、静まり返っている感じだった。

窓は、カーテンが閉っていて、中は、見えない。

「確か、一階に、警察官詰所がありましたね？」

と、十津川は、小声で、中田にきいた。

「あります。六日町警察署の分室になっていて、三人から六人の警察官がいます」

「その警官は？」

「何しろ、二階に、十四名の人間が、人質になっています。一階の警官は、この建物から退去しろと、命令されました。退去しなければ、人質を殺すといわれて、仕方なく、建物から、出ています」

と、中田は、いった。

車についている無線に電話が入り、中田が、受話器を取った。

十津川は、何となく、腕時計に眼をやった。

午後五時を過ぎている。すでに、日が暮れている。

中田は、二、三分話してから、十津川に、

「やはり、犯人は、日本道路公団に、電話をかけてきたそうです。女の声で」

「女？」

「ええ。四億円支払え、拒否すれば、管理事務所を、爆破すると、いったそうです。明日の午前十時までに、四億円です」

「四億円ですか」

「ＪＲの大清水トンネルの分も入れて、四億円、ということのようです」

「もし、この事務所が、爆破されたら、その損害は？」

「何十億円でしょうね。それに、人質の職員のこともあります。それで、道路公団は、要求に応じることにしたそうです」

「四億円も、支払うんですか」

亀井が、腹立たしげに、いった。

「われわれは、反対ですが、仕方がありません。もし、この事務所の機能が失われたら、関越トンネルは、上下とも、不通になってしまうでしょう。それと、人質のことを考えて、四億円、支払うことにしたんだと、思いますね」

と、中田は、いった。

「明日の午前十時までに、何とかしなければ、いけませんね」

と、十津川は、いった。

「県警本部長は、午後六時に、捜査会議を開きたいといっているので、十津川さんも、亀井さんも、ぜひ、参加して下さい」

と、中田は、いった。

「もちろん、喜んで、参加させて貰います」

「六日町警察署では、この事務所から離れすぎているので、湯沢で、捜査会議を開きます」

と、いってから、中田は、周囲を見廻した。

「できれば、この事務所が見えるところが、一番いいんですが――」

「それでは、犯人からも、見えてしまいますよ」

と、十津川は、いった。

「そうですね。この車に、見張りの刑事を残しておいて、湯沢の町で、捜査会議ということになるでしょうね」

と、中田は、いった。

湯沢町内のホテルの一室を借りて、捜査会議が開かれた。

県警本部長の他に、日本道路公団から、急遽、責任者として管理部長の中根が、出席した。

壁には、日本道路公団湯沢管理事務所の見取図が、貼られた。

中根が、この事務所が、いかに重要なところかを、説明した。

「それに、十四人の職員が、人質になっています。四億円支払うのも、仕方がないと考えました。もちろん、警察が、犯人を逮捕し、十四人の職員が無事に、釈放されれば、問題はないのですが」

「犯人の身元などは、わからないのか？」

と、本部長が、中田に、きいた。

「わかりません」

「管理事務所を占拠している人数は？」

「それも、不明です。電話に出たのは、男の声ですが、日本道路公団に、四億円を要求してきたのは、女の声だったそうですから、少くとも、二人はいるわけです」

と、中田は、いった。

「武器は？」

「列車や、自動車に、時限爆弾を何度も、仕掛けていることを考えれば、爆弾を持っていることは、間違いないでしょう。それに、十四人の職員を、押さえているところを見ると、銃も、所持していると見ていいと、思います」

「犯人は、警察が動いたら、あの事務所を、爆破すると、いっているんだったな？」

「そうです」

「本気で、そうすると、思うかね？」

と、本部長が、きく。

「わかりませんが、本気だと考えて、行動した方がいいと、思います」

「この事務所に、一挙に、突入して、犯人を制圧することは、出来ないかね？」

本部長は、壁の見取図を叩くようにして、きいた。

「出来ないことはないでしょうが、何人、犠牲者が出るか、計算できません」

と、中田は、いった。

「駄目か」

「今回は、こちらの失敗でした。ＪＲの大清水トンネルと、日本道路公団の関越トンネルが、爆破されることだけを考えて、対応して、あの事務所が、占拠されることを、考慮に入れるのを忘れました。私のミスです」

と、中田は、いった。

「今、そんなことをいっても、仕方がない。問題は、どうやって、犯人を、逮捕するかだ」

本部長は、いらだちを見せて、大声を出した。

「他の誘拐事件と同じで、四億円を渡すときが、逮捕のチャンスでしょう」

と、同席していた県警の捜査一課長が、いった。

「それに、犯人が、あの事務所から、逃げるときもチャンスだな」

と、本部長が、いう。

「その通りです。占拠した犯人は、四億円を持って、どうやって、逃げる気なのか、その方法に、興味がありますね」

「十津川君の意見を聞きたいが」

と、本部長は、十津川に、声をかけた。

「犯人は、あの事務所に、四億円を、持って来させるつもりでしょうか？」

と、十津川は、いった。

「犯人は、明日になったら、いろいろと、要求してくると思いますね」

と、中田が、いった。

「どんな要求だ？」

本部長が、きいた。

「よくあることですが、逃走用の車を用意しろとか、その車に、人質と一緒に乗って、逃げるとかです」

「明日の午前十時までに、いろいろなケースを予想して、こちらの対応策を、練っておく必要があるな」

と、本部長は、いった。

全員に、コーヒーが、配られて、その対応策が練られることになった。

5

疲れて、会議は、いったん、中断された。

十津川と、亀井は、部屋を出た。午前〇時から、緊張の連続だったから、身体は、疲労している。

ただ、精神の方は、とぎすまされている感じがする。

「犯人は、何を考えているんですかね？」

と、亀井が、腹立たしげに、いった。

「何を――というと？」

十津川は、聞き返した。

「あの管理事務所を、占領したことです」

「しかし、あの事務所は、関越トンネルの中枢なんだ。それを、占領したのは、頭がいいと思うがね」

と、十津川は、いった。

「しかし、そのあと、どうする気なんですかね。四億円持って、逃げるのは、容易なことじゃありませんよ」

「そうかも知れないが、犯人は、そのくらいのことは考えて、あの事務所を、占領したんだと、思っているよ」

と、十津川は、いった。

「そうすると、やはり、逃走用の車を用意させるとか、人質を連れて、逃げるとかですか？」

「いや、それでは、逃げられないんじゃないかな」

と、十津川は、いった。

警察は、威信《いしん》にかけて、追うだろう。ヘリコプターも使うだろうし、簡単に逃げられるほど、甘くはない。車で、逃げられはしないだろう。

「犯人は、頭の切れる奴だと、思われますか？」

と、亀井が、きく。

「そう思っているよ。今から考えれば、全てが、陽動作戦だったのかも知れない」

「全てというと、旧天城トンネルの爆破もですか？」

「かも知れない。そのあと、ガーラ湯沢スキー場のゴンドラを爆破し、最後に、大清水トンネルと、関越トンネルを爆破すると、脅迫した。誰もが、犯人の狙いは、トンネル爆破だと、考える。犯人は、更に念を押すように、上越新幹線の列車に、爆発物をのせたり、関越トンネルを通る自動車に、放り込んだりした。それも、四回もだ。当然、われわれの注意は、トンネルそのものに、集中する。そこで、あの管理事務所を、占領した。犯人は、最初から、トンネル自体を爆破することなど、考えていなかったんだと思わざるを得ない」

と、十津川は、いった。

「最初から、狙いは、あの事務所だったと？」

「そうだ。あそこを占拠すれば、関越トンネルの死命を制することが出来ることを知って、計画を立てたんだろうね」

「しかし、なぜ、犯人は、それを知っていたんでしょうか？」

と、亀井が、きく。

「あそこへ行ったとき、職員に聞いたんだが、希望者には、見学させているんだよ。もちろん、コントロール・ルームも見せている。日本道路公団としたら、関越トンネルが、いかに、科学的に管理されているか、いかに、安全かを、人々に知って貰いたくて、見学させているんだろうがね」

と、十津川は、いった。

彼は、湯沢管理事務所で貰ったパンフレットを取り出した。

日本道路公団が作成した、関越トンネルのパンフレットである。

関越トンネルが、いかに、ハイテク技術で、安全が守られているかを写真入りで示している。

管理事務所の中にあるコントロール・ルームの写真も、のっている。説明には、「遠方監視制御システム」とある。

巨大な、扇《おうぎ》形の壁に、上り、下りの関越トンネルが表示されている。

トンネルを通過する全ての車が、そこに表示される。

トンネル内の信号、電光表示板、放送など、全てが、この部屋で、操作されるのだ。

そして、表示板の前には、十四台のテレビが並び、上り、下りのトンネル内に置かれた監視カメラの映像が、モニターされている。

職員は、そのテレビ画面と、壁の表示板を、見ながら、適切な指示を与える。

そこが、今、犯人によって、占領されてしまったのだ。

犯人は、このコントロール・ルームにいて、トンネル内の信号を、自由に、変えることが出来る。電光表示板もである。

今日、下りのトンネルで、犯人は、それを、実行してみせた。あの時は、トンネル内の車が、じゅずつなぎになっただけだったが、追突させることだって、出来るだろう。

関越自動車道は、日本の太平洋側と、日本海側とを直結させる動脈である。もし、関越トンネルが、機能を失ったら、動脈が、寸断されたことになる。

日本道路公団が、犯人に、四億円の支払いも止むを得ないと考えても、それを、非難することは、出来ない。

亀井が、ホテルのティー・ルームから、コーヒーを持って来て、十津川の前にも置いた。

「いろいろと、考えてみたんですが、犯人の行動は、予測がつきません。会議で、話されたように、犯人が、逃走用の車を要求したりすれば、対応も、楽なんですが――」

と、亀井は、いった。

「そうだな。犯人が、常識の線で動いてくれれば、こちらも、常識的に、対応できるからね」

と、十津川も、いった。

しかし、犯人は、そんな行動は取らないだろうという予感が、十津川には、あった。

「また、雪になりそうですよ」

と、亀井が、いった。

第五章　脱出

1

　捜査会議で、一本の映画が、上映された。日本道路公団が、広報用に作ったもので、題名は、「関越トンネルの全て」。四十五分の映画である。

　関越トンネルの基本計画が、立てられたのが、昭和四十五年六月、五十二年に着工し、四車線のトンネルが完成したのが、平成三年十月である。

　二十一年を要した工事の紹介のあと、トンネルを管理する湯沢管理事務所に、カメラが入り、そこで、いかに、上り、下りのトンネルを監視し、コントロールしているかが、映し出されていく。

　十津川をはじめ、刑事たちは、パンフレットでも見ていたが、映像となると、やはり、感じが、違ってくる。

仁科所長が、カメラの前に立ち、コントロール・ルームの機能について、説明していく。

この仁科所長も、今、人質になっているのだ。

ずらりと並んだテレビ画面に、刻々と、トンネル内の風景が、映し出されていくのが、いかにも、関越トンネルの心臓部という感じがする。

他にも、大型のテレビ画面があり、そこでは、ボタンを押すことによって、上下トンネルの監視カメラのどのカメラの画面も、切りかえて、見られるようになっている。

壁面のグラフィック・パネルには、トンネル内の通行中の車が、点滅によって、知らされる。

この他、二台のテレビが、横に置かれていて、それには、関越トンネル周辺の気象が、刻々と、気象図によって、知らされていく。特に、雪の降る冬期には、必要なものだろう。

監視に当る所員は、車付きの椅子に腰を下し、その椅子を滑らせながら、操作盤を、動かしていく。

刑事たちは、湯沢管理事務所の部分を、繰り返し見た。

コントロール・ルームは、二階にあり、グラフィック・パネルのある広い部屋と、それに続く、資料室に分れている。

一階には、事務室と、警察官詰所（六日町警察署分室）があるが、そこにいた警官は、犯人によって、事務所から、退去させられた。

その警官の一人が、駆けつけて、その時の状況を、説明した。

「われわれに、退去を要求した犯人は、毛糸の目出し帽をかぶっている、年齢三十歳ぐらい、身長一七五センチ前後の男でした。拳銃と、爆薬を、持っています。コントロール・ルームには、仲間がいて、もし、われわれが、退去しなければ、コントロール・ルームを、爆破すると、脅しましたので、止むなく、犯人の要求に応じたわけです」

「すると、犯人は、二人以上ということか？」

と、新潟県警の中田警部が、きいた。

「その通りです。ただ、二人か、三人か、それ以上かは、わかりません」

「他に、犯人は、何かいっていたのか？」

と、中田は、きいた。

「管理事務所の正面入口と、脇の出入口には、爆薬を仕掛けると、いっていました」

と、警官は、いう。

「どんな爆薬だ？」

「わかりません。ただ、ショルダーバッグを下げていましたので、かなりの爆薬を、その中に入れていると思います」

「君は、拳銃を見たのか？」

と、中田は、きいた。

「犯人が、右手に持っているのを、見ました。私の見たところでは、三八口径のリボルバーだと思います」

「モデルガンじゃないのか？」

「そうは、思いません。二階のコントロール・ルームから、銃声が、一発、聞こえました。私が、どうしたんだと聞いたところ、仲間が、威嚇《いかく》で、射ったんだと、いっていましたから」

「その他に、何か、いいたいことはないか？」

「われわれが、退去したあとで、中で、ピーピーという音が、聞こえました」

「何の音だ？」

「はっきりとは、わかりませんが、警戒音のように聞こえました。多分、二階のコントロール・ルームにあがる階段にでも、取り付けたんだと思います。人間が近づくと、赤外線探知で、警戒音が鳴る機械をです」

と、警官は、いった。

「その他には？」

「管理事務所の全ての窓は、カーテンか、ブラインドが下されて、外から、内の様子を窺《うかが》うことは、出来なくしています」

「それは、わかっている」

と、中田は、いった。

犯人は、入口が、突破されても、二階のコントロール・ルームには、近づけないようにしているのだろう。用心深い連中なのだ。

2

何とか、管理事務所のコントロール・ルームに、突入できないかが、検討された。

だが、下手をしたら、人質になっている所員が、死傷する恐れがあった。

分室の警官の話では、管理事務所の入口には、爆薬が仕掛けられ、犯人は、拳銃も、所持しているからである。

もし、突入に失敗して、犯人が、管理事務所を、爆破してしまったら、関越トンネルの機能が、しばらくの間、マヒしてしまうことも考えなければならなかった。

「結局、犯人のいいなりにならなければならないのかね？」

と、松本刑事部長が、ぶぜんとした顔で、いった。

捜査会議に出席していた日本道路公団の中根管理部長が、

「先ほど、東京の上野総裁から、四億円を支払うのも、止むを得まいという連絡が、ありました」

と、いった。

「犯人の要求を、呑むということですか？」

松本が、中根に、きいた。

中根は、小さく肯いて、

「現在、一日一万台以上の車が、関越トンネルを通過しています。これから、新年にかけて、この量は、ますます、多くなると、思います。それを、スムーズに、走らせたいのです。湯沢管理事務所を占拠した犯人は、一時、トンネル内の信号を赤にして、通行を妨害しましたが、われわれが、要求を呑む限り、妨害はしないといっています。われわれとしては、四億円を支払っても、車を、通したいのです」

と、いった。

「本庁の十津川さんの意見も、聞かせてくれませんか？」

と、松本は、十津川に、眼を向けた。

「私としては、県警の指示に従いますが、問題は、四億円を受け取った犯人たちの動きだと思います。管理事務所を占拠《せんきょ》した犯人たちは、四億円を受け取ったあと、どうやって、逃げるつもりなのか。逃げるのは、難しいんじゃないかと、思いますね」

と、十津川は、いった。

「東京の日本道路公団本社に、四億円を要求してきたのは、女の声でしたね？」

松本が、中根に、きいた。

「その通りです」

と、中根が、答える。

「この女は、管理事務所を占拠した犯人たちの中にいるのだろうか？」

松本は、半信半疑で、呟いた。

「私は、彼女は、東京にいるんだと思います」

と、中田が、いった。

「それは、四億円を受け取るためにかね？」

「そうです」

と、中田は、肯いた。

翌二十六日の夜明けが、近づくにつれて、亀井の予想した通り、また、雪が降り始めた。

湯沢管理事務所を占拠した犯人たちは、関越トンネルの通行を、妨害はしようとせず、車は、今のところ、スムーズに、動いている。

午前十時。

東京では、女の声で、再び、日本道路公団本社に、電話が、掛かった。

前日、明日十時までに、四億円を用意しろといわれていたので、総裁室には、西本刑事たちが、詰めていた。

電話は、秘書室を通して、上野総裁に、掛かった。

上野が、電話口に出る。

西本が、録音のため、テープレコーダーのスイッチを入れた。

「私だ」

――四億円は、用意した？

「用意してある」

――それでは、受け渡しの方法をいうわ

「その前に、約束して貰いたいことがある。金を払ったら、関越トンネルの安全を、保証するんだろうね？　湯沢管理事務所は、無傷で、返してくれるんだろうね？」

――それは、こちらも同じだわ。私たちの安全が保証されるのなら、関越トンネルの安

全も、同じように、保証されるわ

「君たちの安全の保証というのは、どういうことかね？」

――四億円の受け取りに行ったら、警察が、待ち構えていて、逮捕されたのでは、話にならないわ。断っておくけど、ある時間までに、私が、湯沢に電話しないと、あの管理事務所は、爆破されるわよ

「警察は、私たちとは、関係ない」

――全く、信用できないわ

「どうすれば、信用してくれるのかね？」

――今、いった通りのことを、保証してくれれば、信用するわ

「君を逮捕はしない」

――その言葉を忘れないで欲しいわ。そちらが、約束を守れば、こちらも、約束は守るわ

「四億円は、何処へ持って行けばいいのかね？」

――総裁専用車にのせて、そこを出発すること。そして、十一時に、東京駅八重洲《やえす》中央口に着きなさい

「そこで、どうするのかね？」

——コインロッカーのナンバー××××を開ければわかるわ

「そこのキーは?」

——今頃、そちらの受付に届いている筈だわ。車には、総裁のあなたと、運転手だけ、乗って下さい。その他に乗っていたら、この取引きはキャンセルするわ

「わかった」

——今から、すぐ、行けば、十一時に、東京駅八重洲中央口に着ける筈だわ。それから、いっておくけど、私は、三十分おきに、湯沢に、連絡することになっている。もし、その連絡がなかったら、私が、警察に逮捕されたものと思って、仲間が、管理事務所を、爆破するわ

「わかっている」

——それから、電話の逆探知をしていると思うけど、今、携帯電話を使っているわ。番号も、教えておいてあげる。０３０-２６７-××××よ。じゃあ、すぐ、出かけて頂《ちょう》戴《だい》

電話は切れた。

「逆探知できました。相手は、携帯電話で——」

と、若い刑事が、勢い込んで、いう。

西本は、眉をひそめて、

「わかってるよ。すぐ、持主の名前を、調べてくれ」

と、いった。

上野総裁に、運転手として、日下刑事が、同行することにした。

一億円ずつ入れたスーツケースが、四個。それを、刑事たちが、下の駐車場まで運んだ。

日下が、一階の受付に行き、何か届いていないかと、きくと、受付の女性が、

「さっき、子供が、これを、届けてきましたけど」

と、ふくらんだ封筒を、見せた。

中身は、コインロッカーのキーだった。

日下は、それを、ポケットに入れ、総裁の公用車に、乗り込んだ。

トランクルームに、四億円の入ったスーツケースを入れ、上野が、乗り込み、日下は、車をスタートさせた。

「コインロッカーのキーは？」

と、上野が、きく。

「受付に届いていました」

「犯人は、これから、どうするつもりかね？」

「わかりませんが、今のところ、向うの指示に従うより、仕方がありません」

と、日下は、いった。

午前十一時五分前に、東京駅八重洲中央口に着く。

日下は、上野を、車に残して、駅の構内に入って行った。

指定されたコインロッカーを探し、届いていたキーを使って、開ける。

中に入っていたのは、携帯電話だった。それを手に取ったとたんに、鳴り出した。

日下は、受信のボタンを押して、

「もし、もし」

――十一時に間に合ったわね

という女の声が、聞こえた。

「間に合わなかったら、どうなったんだ？」

――あなたは、上野総裁じゃないわね？

「運転手だ。間に合わなかったら？」

――今頃、湯沢管理事務所が、爆発しているわ

と、女は、いった。冷静な口調だった。単なる脅しとも思えず、日下は、表情をこわば

らせながら、

「これから、どうしたら、いいんだ？」

と、きいた。

――十二時までに、西新宿のＫホテルの前に行きなさい。十二時にまた、連絡するわ

「十二時に、西新宿のＫホテルだな？」

と、日下は、聞き返したが、返事はなかった。

3

越後湯沢の捜査本部で、十津川は、東京の西本からの電話連絡を受けた。

その電話は、マイクを使って、そこにいる県警の刑事たちや、日本道路公団の関係者にも、聞こえるようになっていた。

「今、総裁に同行している日下刑事から、連絡が入りました。十二時までに、西新宿のＫホテルの前に行けという犯人の指示で、新宿に向っているそうです」

と、西本は、いった。

「指示は、その携帯電話で、伝えられるのか？」

「そうです」

「西新宿で、何があるのか、まだ、わからないんだな？」

「そこで、犯人の新しい指示が、あるようです」

「他に、犯人の女は、何かいっていないか？」

「彼女は、三十分ごとに、そちらの湯沢管理事務所にいる仲間に連絡すると、いっています。もし、三十分ごとの連絡がない場合は、仲間は、事務所を爆破するそうです。単なる脅しとは、思えません」

と、西本は、いった。

「確かに、ただの脅しじゃないだろうね」

「新宿署の覆面パトカー二台を、Ｋホテルに向わせました」

と、西本は、いった。

「下手に、手を出すなよ」

と、十津川は、いった。

「わかっています。女を見つけたら、監視することにします」

と、西本は、いった。

西本の電話が切れると、捜査本部の中に、重苦しい緊張感が流れた。いよいよ、始ったという緊張感だった。

窓の外に眼をやると、雪が、降りしきっている。風も強く、雪が舞っている。その景色が、刑事たちの気持を、一層、重苦しくさせるのかも知れなかった。

「その女に、四億円を渡さず、逮捕してしまったら、どうですか？」

県警の若い刑事の中には、腹立たしげに、そういう者もあった。

「だが、管理事務所を、爆破されたら、どうするんだ？」

と、松本刑事部長が、いった。

「爆破すれば、犯人自身も、一緒に死ぬんです。そんな勇気があるでしょうか？」

「あったら、どうするんだ」

と、松本は、叱りつけた。

ここは、とにかく、様子を、見るより仕方がない。

管理事務所を占拠した犯人たちからは、何の連絡も、来ないでいる。沈黙を守ったままなのだ。

関越トンネルが、正常に機能しているところを見ると、犯人たちは、こちらが動かない限り、しばらくは、大人《おとな》しくしているのだろう。

県警も、十津川と亀井も、今は、動きがとれず、東京の動きを、見守るより、仕方がなかった。

4

日下の運転する車は、西新宿のKホテルの前に着いた。

五、六分して、十二時になったとき、犯人から渡された携帯電話が鳴った。

日下が、受信のボタンを押して、耳に当てる。

あの女の声が、聞こえた。

――間に合ったわね

「これから、どうしたらいいんだ？」

――まず、警察の車を、追い払って頂戴

「警察って、何のことだ？」

――とぼけないでよ。十二、三分前に、二台の覆面パトカーが、飛んで来たわ。道のこちら側に一台、向う側に一台。どちらの車にも、男が二人乗ってるわ。車のナンバーをいいましょうか？

「私たちは知らないことだが、警察に、聞いてみる」

――早くしなさい。すぐ、二台が消えなければ、この取引きは中止して、湯沢の仲間に連絡するわ

「わかった。待ってくれ」

と、日下は、いい、すぐ、その携帯電話を使って、西本に、連絡を取った。

「新宿署の覆面パトカー二台を、引き揚げさせてくれ。気付かれている」

「なぜ、わかったんだろう？」

と、西本が、きく。

「新宿署の覆面パトカーのナンバーを調べたのかも知れないし、勘《かん》でいってるのかも知れないが、とにかく、女は、こんな真似《まね》をしたら、湯沢の仲間に連絡して、管理事務所を、爆破すると、いってるんだ」

「わかった。すぐ、新宿署に電話して、引き揚げさせる」

と、西本は、いった。
五、六分後、近くにいた二台の車が、急発進して、走り去った。
また、日下の持っている携帯電話が、鳴った。
――どうやら、覆面パトカーは、引き揚げたようね
「私が、警察に連絡したからね。いっておくが、私や、総裁が、警察に来てくれと頼んだわけじゃない」
――一応、信用するわ。念を押すけど、二度と、こんなことがあれば、取引きは、中止

するし、その後のことは、そちらの責任だわ

「これから、どうすればいいんだ？」

――そこから見えるところに、車が一台、とまっているわ。白のトヨタマークⅡ《ツー》、ナンバーは、品川×××

「ああ、五、六メートル先に、その車が見える」

――その車のリア・シートに、お金を積み込むのよ。ドアに、カギはかかってないわ。積み込んだら、すぐ、引き揚げるのよ。さっきみたいに、警察の車が近くにいたり、総裁の車が、まごまごしていたりしたら、今度こそ、こちらにも、覚悟があるわ

「わかった。いう通りにする」

と、日下は、いい、リア・シートの上野に、今の電話のことを告げた。

「私が、金を、向うの車に、のせて来ます」

「それから、どうなるのかね？」

と、上野が、堅い表情で、きいた。

「私にも、わかりませんが、今のところ、犯人のいうなりに動くより仕方がありません。しかし、必ず、犯人たちを捕えて、金は、取り返しますよ」

と、日下は、いい、前方のマークⅡとの間を二往復して、四つのスーツケースを運んだ。

そのあと、日下は、総裁の車に戻り、エンジンをかけ、上野総裁に、

「今から、引き揚げます」

「向うの車は、ドアが、開いたままなんだろう？」

「そうです」

「金が、犯人に渡ればいいが、誰かが、乗って逃げてしまうことはないかね？」

と、上野が、心配そうに、きいた。

「大丈夫です。犯人が、見張っています」

と、日下は、いった。

「見張ってるって、何処で？」

「多分、このホテルの何階かの部屋からだと思います。今も、見張られていますよ」

と、日下が、いった。

上野が、窓ガラスを下げて、顔を突き出そうとするのを、日下は、あわてて、止めて、

「そんなことをしたら、犯人は、警戒して、仲間に連絡して、湯沢の管理事務所を、爆破させますよ」

と、いい、車をスタートさせた。

日本道路公団本社に向って、走らせながら、日下は、西本に、電話をかけ、まず、白の

トヨタマークⅡのナンバーを告げた。

「この車の持主を、調べることと、都内のパトカーに指令を出して、この車を見かけたら、監視し、行先を突き止めて欲しい」

「わかった。犯人は、その車で、四億円を、何処かへ運ぶ気なんだな」

「そうだと思う。ただ、彼女は、三十分ごとに、湯沢の仲間に連絡を取ると、いっている」

「わかっている。だから、彼女を、逮捕は出来ない。発見しても、しばらく、監視することにする。湯沢の十津川警部には、私から、連絡しておく」

と、西本は、いった。

日下は、電話を切った。

「これから、どうなるのかね？　肝心の湯沢管理事務所は、元に戻るのかね？」

と、リア・シートから、上野総裁が、きいた。

「それは、事務所を占拠している犯人たちの反応いかんによると、思います。四億円を受け取った女からも、当然、湯沢の仲間に連絡がいく筈です」

日下は、運転しながら、答える。

「犯人たちは、四億円を手に入れることに成功したわけだ。約束通りなら、すぐ、管理事務所の占拠を中止する筈だがね」

　と、上野は、いう。

「問題は、彼等が、どうやって、逃げる気かということです。われわれ警察としては、彼等を、逃がすわけにはいきませんから」

「しかし、日下君。下手に逮捕しようとして、肝心の管理事務所が、破壊されてしまったら、何十億の損害になるか、わからんのだよ」

「その点は、向うにいる十津川警部も、新潟県警も、よくわかっている筈です」

「犯人たちを、管理事務所の外に逃がしてから、外で逮捕して貰うわけにはいかないのかね？　事務所を包囲して、逃がさないようにしたら、連中は、自暴自棄《じぼうじき》になって、破壊してしまうよ」

　上野は、心配そうに、いった。

「本社へ戻ったら、あなたから、向うに、連絡して、話して下さい」

　と、日下は、いった。

5

湯沢の捜査本部は、新たな緊張感に包まれた。

犯人たちの一人に、四億円が渡されたという報告が、東京から、届いたからである。

当然、金を手にした犯人は、湯沢管理事務所を占拠している仲間に、結果を、知らせているだろう。

捜査本部の壁には、管理事務所を中心にした地図が、貼られている。

管理事務所の横を、関越自動車道が走り、湯沢インターチェンジがある。

そのインターチェンジからは、国道17号線に出ることが、出来る。

また、インターチェンジの北に、山に囲まれた形で、湯沢の町がある。町の中心には、上越新幹線と、上越線の越後湯沢の駅がある。

管理事務所から、南に、ほぼ同じ距離に、上越線の岩原《いわっぱら》スキー場前駅がある。

管理事務所の周囲には、県警が、非常線を張っていた。それが、赤い線で、示されていて、この地図を見る限り、犯人が、管理事務所から逃げ出せる可能性はない。

東京の日本道路公団本社からは、湯沢管理事務所を、無傷のまま、取り返して欲しいという要請が、入っていた。

「とにかく、犯人たちに、連絡を取ってみます」

と、中田警部がいい、電話を取った。

彼は、管理事務所の電話番号を、押した。が、首をかしげて、

「掛かりませんね」

と、いった。

松本刑事部長が、

「相手が、出ないのか？」

「いえ、ベルが鳴らないのです。電話が故障してしまったようです」

「それじゃあ、連絡の取りようがないじゃないか」

松本の表情が、険《けわ》しくなった。

もし、管理事務所の電話が故障しているのを、犯人たちが知らなかったら、東京の仲間からの連絡が来ないということで、四億円の奪取が失敗したと思い込み、事務所を爆破するかも知れなかったからである。

中田は、管理事務所の全ての電話に、掛けてみた。が、結果は、同じだった。

「全ての電話が、故障してしまっていますね。これは、まずいですよ。犯人たちが、自分たちを孤立させるために、警察が、電話線を切断したと、誤解しかねません」

と、中田は、いった。

「雪のせいかね」

と、松本部長は、依然として、降り続ける窓の外の雪に、眼をやった。

豪雪地帯のこの辺りでは、電話線に雪が積って、切断することが、時々、あるからだった。

「すぐ、電話局に連絡して、管理事務所の電話がどうなっているか調べて、直して貰え」

と、松本部長は、指示してから、

「何とか、犯人たちに連絡できる方法を考えてくれ」

と、いった。

「カメさん」

と、十津川が、小声で、亀井に囁《ささや》き、捜査本部の外に、連れ出した。

「管理事務所の電話のことだがね」

と、十津川は、廊下に出たところで、亀井に、いった。

「犯人たちに連絡ができないのは、私も、まずいと思いますが——」

「カメさんは、どう思う？」

「連絡の方法ですか？」

「いや、電話の故障さ。ひょっとして、犯人たちが、電話線を切ったとは、思わないか？」

「犯人がですか？　何のためにですか？」

亀井が、びっくりした顔で、きく。

「もちろん、連絡しないため、というか、させないためだよ」

「しかし、そんなことをしたら、犯人たちが、困るだけだと思いますが。東京の仲間からの連絡も、出来なくなります」

「とにかく、管理事務所に、行ってみよう」

と、十津川は、いった。

外に出て、タクシーを拾って、乗り込む。タイヤチェーンを巻いたタクシーは、降りしきる雪をかき分けるようにして、湯沢管理事務所に向って走る。

「私はね。犯人たちが、どうやって、占拠した管理事務所から逃げる気なのだろうかと、それを、ずっと、考え続けていたんだよ」

と、十津川は、タクシーの中で、亀井に、いった。

「そこまで計画して、犯人たちは、管理事務所を占拠したと、警部は、お考えなわけですか？」

「そうだ」

「しかし、占拠したということは、裏を返せば、自分たちを、事務所に閉じ込めてしまうわけですから、逃げるのは、難しいでしょう。当然、県警が、あの建物を、包囲してしまうことは、わかっていたでしょうから」

と、亀井は、いった。

「だが、何の策もなく、連中が、占拠したとは、どうしても、思えないんだ」

と、十津川は、いった。

「それは、わかりますが、問題は、どうやって、ということでしょう？　それがわからないと、対応が出来ません」

「私にも、わからないさ。しかし、電話が不通になったのも、その計画の一つだったんじゃないかと思ってね」

と、十津川は、いった。

雪は、激しく、降り続いている。管理事務所に近づくにつれて、除雪車と、行き合うようになった。

関越自動車道や、トンネル周辺でも、車の通行を確保するために、道路公団の除雪車が、動いているだろう。

「雪は、どうなんでしょう？」

ふと、亀井が、いった。

「雪？」

「ええ。この辺りは、今頃になると、この通り、大雪になります。それも、連中は、計算していたんでしょうか？」

「そうだ。カメさんのいう通りだ。犯人たちが、雪を、全く考慮に入れていなかったとは、考えにくいよ。天気図を見れば、いつ頃、大雪になるか、予想がつくからね」

「しかし、どんな風に、考慮していたんでしょうか？」

と、亀井は、きいた。

十津川は、それには、すぐには、答が見つからず、降り続く雪を、見やった。

6

東京は、晴れて、乾燥していた。

その空気の中で、都内を走り廻るパトカーは、必死で、問題の白のトヨタマークⅡを、探していた。

四億円と、犯人を乗せたマークⅡである。

午後一時七分。

甲州街道を西に向って走っていたパトカーは、前方を走る車に、注目した。

白い車で、プレートナンバーが、問題のマークⅡと一致していたからである。

このパトカーには、岩井と、見城《けんじょう》の二人の警察官が、乗っていた。

助手席の岩井が、すぐ、無線電話で、司令室に報告した。

「現在、問題の車は、明大前附近を、西に向って走行中です」

――車種と、ナンバーを、繰り返してくれ

「ナンバーは、品川×××。車種は、白のトヨタマークⅡです」

――ナンバーも、車種も、合致している。運転している人間が、わかるか？

「二十五、六歳のジャンパーを着た男が、運転しています」

――確かに男か？

「確かです。同乗者は、見当りません」

――女は、乗っていないのか？

「見当りません」

――おかしいな。若い女が、乗っている筈なんだが

「乗っているのは、間違いなく男です。どうしますか？　停車させて、車内を調べますか？」

――いや、行先を、確認するのが第一だ

「わかりました。今、問題の車は、甲州街道から、右に折れました。あッ、停車しました」

——止った？　どういうことだ
「一軒の家の前に、停車しました。運転していた者が、降りて、玄関のインターホンを押しています」
——その家の表札が、読めるか？
「ちょっと待って下さい。松田一夫と、表札に書かれています」
——場所は？
「杉並区永福《えいふく》あたりです」
——杉並区永福の松田一夫なら、その車の持主だよ
「持主？　どういうことですか？」
——ナンバーから、所有主を調べたら、杉並区永福×丁目の松田一夫、四十一歳とわかったんだ。S工業のサラリーマンで、その車は、昨夜、盗まれたと、証言している
「盗難車ですか？」
——そうだ。犯人が、盗難車を利用したのか、或いは、所有主の松田一夫が、嘘をついているかだ
「今、家の中から、三十五、六歳の女が出て来て、車を運転していた男と、話をしています。女が、金らしきものを、男に渡しました。男は、車を置いて、歩いて、帰ろうとして

います」

「どうしますか？」

——おかしいな

——その男を捕えて、話を聞け。その車を、なぜ、そこまで運んだかをだ。捜査一課に連絡して、刑事に行って貰うから、それまで、男を確保しておけ

「了解」

岩井と、見城の二人は、永福町駅の方向に歩いて行く男を、呼び止めた。

警察手帳を示して、

「今、白いトヨタマークⅡを、松田一夫さんのところまで、運転して行きましたね？」

と、男に、きいた。

男は、警察手帳を見せられて、びっくりしたように、

「僕は、信号無視も、スピード・オーバーもしていませんよ」

「君の運転免許証を見せてくれませんか」

と、岩井は、緊張した顔で、いった。

男は、堅い表情のまま、ジャンパーのポケットから、運転免許証を取り出して、岩井に見せた。

「安藤正さんね。あの車を、どうして、運転して行ったんですか？」

と、岩井は、きいた。

「僕は、運転代行業の会社で働いているんです。今日、女の人から電話があって、西新宿のKホテルの前に、車が駐めてあるから、それを、永福町の自宅まで、運んでおいて欲しいと、いわれたんです。それで、今、運んだところです」

「あの車は、盗難車ですよ」

「ええ。あそこの奥さんにいわれて、びっくりしました。しかし、こちらとしては、そんなことは、わかりませんから、料金は、頂きましたが」

安藤が、そんな話をしている最中に、覆面パトカーが、猛スピードで、走って来て、急ブレーキをかけて、止った。

二人の刑事が、車から、飛び降りて来た。西本と、日下だった。二人は、そこにいる警官に向って、

「問題の車を運転していたのは、この男か？」

と、大声で、きいた。

岩井が、安藤の運転免許証を、西本に示し、事情を説明した。

「運転代行業？」

と、西本は、眉をひそめて、安藤を見つめ、

「何時に、Kホテルの前に、車を取りに行ったんだ？」

「十二時五十分です」

安藤は、青い顔で、いった。

「それは、勝手に、その時間に行ったのか？　それとも、客が、指定したのか？」

相変らず、西本は、訊問《じんもん》口調で、きいた。

「お客が、十二時五十分に行ってくれと、いったんです。その時間に行ったら、いわれた通りの車があったし、キーもついていたので、そのまま、永福町まで、運んだんですよ」

「その時、リア・シートに、何か置いてなかったか？」

と、日下が、きいた。彼の顔も、険しくなっている。

「何もありませんでしたよ」

と、安藤は、いった。

西本は、日下に向って、小声で、

「君が、Kホテルの前にいたのは、何時から、何時までだ？」

と、きいた。

「十二時五、六分前に着いた。そのあと、覆面パトカーのことなどがあって、金を、マー

クⅡに移して、ホテルの前を離れたのは、十二時三十分か、三十五分だと思う」

「女が、運転代行業に電話したのは、そのあとだな」

「十二時五十分に取りに来てくれと、時間を指定して――」

「その間に、犯人は、四億円を別の車に積みかえて、逃げたんだ。そうすれば、われわれが、白のトヨタマークⅡを追いかけると、計算したんだよ」

と、西本は、いった。

「西新宿のKホテルへ行くぞ」

と、日下は、叫ぶように、いった。

二人は、覆面パトカーに戻ると、サイレンを鳴らし、赤色灯を点滅させ、西新宿に向って、飛ばした。

「しかし、十五分か二十分しかなかったことになる。別の車は、遠い場所に、とめてはおけないな」

西本は、アクセルを踏み続けながら、大声で、いう。

「マークⅡの傍に、とめておいたんだ」

「それらしい車を見たのか?」

「マークⅡの前に、ライトバンが、とまっていた。色は白で、五ドアの車だ」

と、日下は、いった。

「後ろの扉が開けば、スーツケースは、積み易いな」

「ああ、そうだ。ちらっとしか見ていないんだが、あの車に間違いない」

と、日下は、いった。

「犯人は、Kホテルに泊っていて、上から、監視していたんだと、君は、いったね」

「そうでなければ、こんな細かい芸当は、出来ないからさ」

と、日下は、いった。

一五〇キロの猛スピードで、甲州街道を、突っ走り、Kホテルに着くと、二人は、ロビーに、駆け込んだ。

フロントに、警察手帳を示して、

「今日の十二時四十分前後に、あわただしく、チェック・アウトして、帰って行った客がいる筈なんだが」

と、日下が、きいた。

「十二時四十分頃で、ございますか？」

「そうだ。女だが」

「それなら、四階の４０１５号にお泊りになっていた女のお客さまだと思いますが」

と、フロント係は、いう。

「該当する女が、いたんだな?」

「はい」

「宿泊カードを見せてくれ」

と、日下は、いった。

フロント係が見せてくれたカードには、

〈山田良子　東京都練馬区富士見台×丁目×番地〉

と、書かれていた。

いかにも、偽名くさい名前だった。

「何歳くらいの女だった?」

と、日下は、きいた。

「二十七、八歳と、お見受けしましたが」

「似顔絵を作りたいので、協力して欲しい」

「わかりました」

「いつから、ここに、泊っていたんだ？」

「昨日からです」

「部屋から、外へ電話した？」

「いいえ。一回も、電話はなさっていません」

「携帯電話だ」

　と、日下は、呟いてから、

「４０１５号室は、窓から、外の道路が見えるね？」

「はい」

「この客が、その部屋を希望したんじゃないの？」

「そうなんです。道路がよく見える部屋をというご希望でしたので」

　と、フロント係は、いった。

「西本」

　と、日下は、呼んで、

「君は、絵が上手いから、女の似顔絵を、作ってくれ」

「犯人か？」

　と、西本が、きく。

「そう見ていいと思う」

と、日下は、いった。

7

十津川と、亀井の乗ったタクシーは、湯沢管理事務所の近くに着いていた。

事務所の建物にも、その周《まわ》りにある駐車場にも、雪が降り積っている。

駐車場は、黄色い日本道路公団の作業車だけがとめてあって、一般の車が一台も見当らないのは、県警が、万一を考えて、排除してしまったのだろう。

十津川と、亀井は、タクシーを帰し、雪の中に立って、管理事務所を、眺めた。

どの窓も、カーテンや、ブラインドがおりていて、中の様子は、窺うことが出来ない。

「静かですね」

と、亀井が、いう。

「ああ、静かだ」

「中で、犯人は、何をしてるんですかね？」

「犯人は、もう、中にはいないのかも知れないよ」

と、十津川が、いった。

「いないって、どういうことですか？」

「それは――」

と、十津川が、いいかけた時、突然、管理事務所の一階入口附近で、大音響と共に、ドアが、吹き飛んだ。

同時に、猛烈な勢いで、白煙が、噴き出した。

管理事務所を、遠巻きに包囲していた県警のパトカーが、すぐさま、殺到《さっとう》した。

パトカーからは、ばらばらと、防弾チョッキをつけた警官が、飛び降り、ドアの吹き飛んだ一階入口から、建物の中に、入って行った。

亀井が、一緒に、駆け込もうとするのを、十津川は、彼の腕をつかんで引き止めた。

「警部。犯人を捕えないと！」

と、亀井が、叫ぶ。

「カメさん。よく見ろよ。二階のコントロール・ルームは、爆発していない。それに、火災も起きてない」

十津川は、建物を見ながら、いった。

「しかし――」

「これは、陽動作戦かも知れないんだ」

「何のためのです？」

「包囲している県警の警察官を引き寄せるための——」

と、十津川が、いった時、駐車場にとめてあった日本道路公団の車の一台が、急に、エンジン音を、ひびかせた。

十津川は、はっとして、振り向いた。

黄色い車が、雪を蹴たてるようにして、走り出した。

「あれだ！」

と、十津川が、叫んだ。

「しかし、乗っていたのは、白いヘルメットをかぶった公団の人間二人でしたよ」

「大事な管理事務所が、煙を出しているのに、日本道路公団の人間が、逃げ出すか？」

「そういえば、おかしいですが——」

「追いかけるんだ！」

と、十津川は、大声で、いった。

二人は、県警のパトカーの一台に、乗り込んだ。スターター・キーは、ついたままになっている。

十津川は、運転席に腰を下し、エンジンをかけた。

だが、さっきの黄色い作業車は、すでに、降りしきる雪の中に、姿を消してしまっている。

「カメさん。日本道路公団の黄色い作業車が、走っていて、一番、怪《あや》しまれない場所は、何処だ？」

「それは、もちろん、関越自動車道《ハイウエイ》だと思いますが」

「よし、行ってみよう。この傍に、湯沢インターチェンジがある。多分、そこから、関越に、入ったんだ」

十津川は、パトカーを、発進させた。

スピードをあげると、猛烈な勢いで、雪がぶつかってくる。ワイパーを動かしても、次から次へ、雪が、フロントガラスに、へばりついてくる。

それでも、十津川は、サイレンを鳴らし、スピードをあげた。

「上りと、下りと、どちらか、わかりませんよ」

と、亀井が、叫ぶように、いう。

「まず、上りだ。仲間の女が、東京にいるからな」

と、十津川は、いった。

上りの入口の料金所で、助手席の亀井が、大声で、

「今、黄色い公団の作業車が、ここを、通らなかったか？」

と、係員に、きいた。

「見ませんよ」

という返事が、返ってきた。

十津川は、今度は、下り車線の進入口に廻り、ここでも、料金所の係員に、

「今、黄色い公団の作業車が、通らなかったか？」

と、亀井が、大声で、きく。

今度は、

「十二、三分前に、一台、通りましたよ」

という答が、返ってきた。

「二人、乗ってたか？」

「ええ。六日町近くで、この大雪で、衝突事故が、あったとかで」

「くそ！」

と、十津川は、舌打ちし、サイレンを、鳴らしながら、下り車線に、入って行った。

走りながら、助手席の亀井が、無線で、県警に、連絡を取った。

「六日町インターで、検問を実施して、黄色い公団の作業車を、とめてくれるそうです」

と、亀井が、いう。

「カメさん。そこに道路マップがあるから、六日町インターまでの、だいたいの距離を調べてくれ」

と、十津川は、いった。

亀井は、道路地図を広げて、

「約十五キロです」

「その間に、何かあるか？」

「石打《いしうち》トンネル、塩沢石打インターチェンジと、サービスエリア、六日町トンネル、その先が六日町インターです」

と、いった。

この大雪のせいか、道路は、すいている。それでも、雪のため、あまり、スピードを、あげられない。

車は、石打トンネルに入った。

黄色い照明が、トンネルを、明るく照らし出している。

塩沢石打インターが、見えてくる。

ハイウェイは、川を渡り、国道17号線、ＪＲ上越線をまたいで伸びている。

やがて、六日町トンネルに入り、抜けると、前方で、検問を実施しているのが、見えてきた。

雪の中に、パトカーが並び、赤色灯が、点滅している。

十津川は、車を止めると、警察官の一人に、

「黄色い日本道路公団の車が、来ませんでしたか？」

と、大声で、きいた。

「まだ、来ていません！」

と、警官が、これも大声で、答えた。

十津川の表情が、変る。

「途中の塩沢石打インターで、連中は、外に出たんだ」

と、十津川は、いった。

十津川は、性根をすえ、下り車線を、サイレンを鳴らしながら、逆行することにした。

二、三台の車に、ぶつかりかけながら、塩沢石打インターに、戻った。

そこの出口に向って、アクセルを踏んでから、

「あれは？」

と、サービスエリアを指さした。

「黄色い日本道路公団の作業車ですよ！」

と、亀井が、叫んだ。

十津川は、パトカーを、サービスエリアに入れ、作業車の傍に、止めた。

車の中には、誰もいなかった。

第六章　更に北へ

1

湯沢管理事務所に突入した県警の刑事たちは、二階のコントロール・ルームに、手足を縛られて、床に転がされている職員たちを、発見した。

どの職員も、強い麻酔薬を注射されたとみえて、眠り続けている者もいれば、眼が開いても、ろれつが回らない者ばかりだった。

事務所内の電話は、全て、線が切られている。

ただ、グラフィック・パネルは、通常どおり、点滅を続け、全てのテレビ画面は、トンネル内の状況を、映し続けていた。

それは、奇妙な光景だった。

職員全てが、眠り続けていたのに、コントロール・ルームは、動き続けているのだ。

生命を失って、機械だけが動き続けていたといってもいい。

救急車が、呼ばれ、職員たちは、次々に、近くの救急病院に、運ばれていった。

その病院で、中田たちは、事情聴取を行うことになった。

その結果、少しずつ、犯人による管理事務所占拠が、どんな具合に行われたか、わかってきた。

最初、二人の男が、管理事務所に入って来たが、水色の制服を着、マークの入った白のヘルメットをかぶっていたので、日本道路公団の救急隊の人間と思い、誰も、警戒しなかった。

ところが、この二人は、二階のコントロール・ルームに入って来ると、突然、一人が、拳銃を取り出し、まず、天井に向って、威嚇するように、射った。

次に、もう一人が、爆薬を取り出して、テーブルの上に置いた。

命令に従わなければ、このコントロール・ルームを、爆破するというのである。

職員の一人が、非常用の電話に手を伸ばしかけると、男の一人が、射った。

弾丸は、右腕に命中し、血が、噴き出し、それで、所長が、抵抗するなと、部下に、いい聞かせた。

もう一人の男は、カバンの中から、ロープを何本も取り出し、それで、お互いの手足を縛れと、命令した。

そのあと、その男は、同じカバンから、医療道具を取り出し、馴《な》れた様子で、腕を負傷した職員の手当てをした。

「あれは、医者だと思います」

と、職員の一人は、中田に、いった。

「皆さんに、麻酔薬を注射したのも、その男ですか？」

と、中田は、きいた。

「そうです。皮下注射をする手付きも、馴れていましたよ」

と、他の職員は、いった。

そうやって、コントロール・ルームを占拠した二人は、人質を殺すと脅して、一階の警察官詰所にいる県警の警官を、追い出したのだ。

そのあと、二人は、コントロール・ルームから、関越トンネル内、下りの信号を操作して、渋滞を作ったに違いない。

普通の犯人と違っていたのは、そのあと、二人の犯人は、管理事務所の入口に、爆薬を仕掛け、窓には、発煙筒を仕掛けておいて、ひそかに、管理事務所の外に、出てしまっていたことだろう。

二人とも、日本道路公団職員の制服を着て、マークの入ったヘルメットをかぶっていたし、コントロール・ルームを占拠した犯人が、まさか、そこを放棄して、外に出てくるとは、誰も思わず、この二人を、疑わなかったろう。

二人は、犯人に追い出されたという恰好で、駐車場に駐めてある道路公団の黄色い作業車に乗り込み、身を隠した。

多分、彼等は、携帯電話を使って、県警と道路公団の人間を、脅迫したのだろう。

中田たちは、彼等が、コントロール・ルームを占拠し続けているものと思い込み、必死になって、電話をかけ、犯人を、説得しようと試みていたのである。

電話は、通じなかった。犯人たちは、電話のコードを切ってしまっていたのだから、通じないのが、当然だったのだ。

ただ、携帯電話で、東京にいる共犯の女との連絡は、難しかったろうと、思われる。

管理事務所は、山間にあり、携帯電話は、通じなかったと、思われるからである。

と、すれば、東京の女の行動は、厳密なスケジュールによって、行われ、こちらの犯人二人は、それを信じて、動いたことになる。

二人の犯人は、東京の女が、スケジュール通りに行動してくれるものと、信じていたのだろう。

そして、彼女が、四億円を手に入れたと思う時刻に、行動を起こした。

まず、管理事務所の入口を、無線操作によって、爆破し、二階の窓から、煙を噴き出させた。

県警の刑事たちが、それを見て、どっと、管理事務所に、殺到する。

その隙《すき》に、二人の犯人は、作業車で、逃亡したのだ。

まんまと、県警は、犯人に、裏をかかれたことになる。

ただ、管理事務所の職員は、二人の犯人の顔を見ていた。それによれば、二人の男は、いずれも、三十歳代前半で、身長は、共に、一七〇センチ前後である。

職員たちの証言に基づいて、二人の似顔絵が、作られることになった。

2

一方、十津川と亀井は、塩沢石打インターチェンジで、乗り捨てられた作業車を、調べていた。

車の中に残っていたのは、道路公団のマーク入りの白のヘルメット二つと、同じく、公団の制服の上衣二着だけだった。

このサービスエリアで、二人の犯人は、上衣を脱ぎ、ヘルメットを捨てて、作業車から、降りたことになる。

雪の中である。

上衣を脱いで、ワイシャツ姿で、歩き廻れば、怪しまれるだろう。

と、すれば、犯人たちは、前もって、このサービスエリアに、別の車を駐めておいて、それに乗りかえたと見るのが、妥当なところだろう。

十津川と、亀井は、それらしい車がなかったかどうかを、聞いて廻った。

その結果、一台の車が、浮び上ってきた。

三日前から、このサービスエリアに駐められていたニッサン・シーマである。

色は、ブルーメタリックで、東京ナンバーだったという。

十津川は、すぐ、そのことを、県警の中田警部に、連絡した。

「二人の犯人は、ブルーメタリックのニッサン・シーマで、逃亡したものと思います。ナンバーは、品川×××です。私と、亀井刑事は、これから、関越を、北に向って、探すつもりです」

「高速から、出たということは、考えられませんか？」

と、中田は、いう。

「わかりません。あれこれ考えても、仕方がないので、とにかく、関越を北へ向います」

と、十津川は、いった。

電話の連絡をすませると、十津川と、亀井は、パトカーに戻ったが、エンジンが、かからない。点検しているヒマがないので、犯人の乗り捨てていった作業車で、出発した。

関越自動車道の制限速度は、八十キロである。

亀井は、思い切り、アクセルを踏み込んだ。が、作業車は、あまり、スピードが、あがらない。

「犯人は、どんな連中なんですかね？」

亀井が、前方を注視しながら、十津川に、きく。

「わからないが、湯沢管理事務所を襲撃したのが、男二人、それに、東京で、金を受け取ったのが、女一人、合計、三人の男女だと、思っている」

と、十津川は、いった。

「モンタージュは、出来そうですか？」

「管理事務所の職員が、二人の男を見ているから、モンタージュは、すぐ、出来あがるだろう。それに、東京西新宿のKホテルに、山田良子の名前で、泊っていた女が、金の受取人の可能性がある。そのモンタージュも、西本刑事たちが、作っているよ」

「それに、湯沢のゴンドラで、女が一人、目撃されていましたね」

「多分、その女と、東京の女とは、同一人だと思っている」

と、十津川は、いった。

「もう一人、伊豆天城峠のトンネル近くで、爆破直前に見られている三十歳くらいの男がいます。殺された女子大生だけが、後姿を見ていますが、この男は、多分、管理事務所を占拠した二人の男の片方だと、思いますね」

「西本刑事たちは、同時に、関越トンネルで、事故があった時に亡くなった男女について調べている。その男女と、つながってくれば、自然に、犯人の輪郭《りんかく》が、浮んでくると、期待しているんだがね」

と、十津川は、いった。

「檜山功と、桜井ひろみでしたね」

「そうだ。二人の家族は、事故の後、日本道路公団の責任を問題にしたが、事故は、不可抗力ということで、取り合おうとしなかった。そのことを、恨《うら》みに思っていたとすれば、今度の事件に関係していることも、十分に、考えられるからね」

と、十津川は、いった。

「それにしても、この車は、スピードが、出ませんね」

亀井が、腹立たしげに、アクセルを踏みつけた。

すでに、塩沢石打サービスエリアから、三十分は走っているのに、ブルーメタリックのニッサン・シーマは、視界に入って来ない。ひょっとすると、追いつくどころか、どんどん、引き離されているのではないのか。

同じ頃、県警の中田は、日本道路公団の東日本ハイウェイパトロールに連絡を取り、ヘリコプターを出動してくれるように、依頼した。

ＯＫを取っておいて、中田は、パトカーで、土樽パーキングエリアへ、急いだ。

関越トンネルの新潟側のこのパーキングエリアの、広い駐車場へ、ヘリに着陸して貰うためである。

土樽パーキングエリアに着くと、五、六台駐車していた車を、広い駐車場の隅に、押し込んだ。

間もなく、東京方向から、ヘリコプターが、飛来した。

ヘリが、着陸すると同時に、中田は、頭を低くして、駆け寄った。

乗り込んで、

「関越ハイウェイを、新潟に向って、飛んで下さい」

と、中田は、パイロットに、頼んだ。

「車を探すんでしたね？」

パイロットが、確認するように、きく。

「ブルーメタリックのニッサン・シーマです。ナンバーは、品川×××」

と、中田は、大声で、いった。

ヘリは、特有のエンジン音をひびかせて、上昇する。

中田は、眼をこらした。

すぐ、湯沢インターチェンジが、見えてくる。今度の事件の主戦場になった湯沢管理事務所が、見える。

まだ、その建物の前には、パトカーが、三台、とまっている。コントロール・センターの調査が続いているのだ。

ヘリは、雪山の間を大きく曲りながら伸びる関越ハイウェイに沿って、飛ぶ。

六日町トンネルを飛び越えると、六日町インターチェンジが、見えてくる。

車が、オモチャのように小さい。この高さでは、プレートナンバーは、確認できないが、車の色は、よくわかる。

前方に、黄色い、公団の作業車が、見えた。

「あれに、連絡が取れますか?」

と、中田は、パイロットにきいた。

「無線を積んでいるでしょうから、連絡できますよ」

「じゃあ、呼んで下さい」

と、中田は、いい、無線の送信機を受け取ると、

「県警の中田です。十津川さん。応答して下さい。今、ヘリから、呼びかけています」

と、話しかけた。

――十津川です。ヘリが、見えますよ
と、十津川が、答えてきた。

その間も、地上の黄色い作業車は、走り続けている。

「この先の越後川口インターの手前で、検問態勢をとることになっています。わかりますか？」

――今、地図を見ています。次のインターが、小出《こいで》で、その先ですね
「そうです。小出では、時間が間に合わないので、越後川口ということになりました。こちらは、とにかく、そこまで飛んで、問題の車が、ハイウェイ上にいるかどうか、確かめます」

――了解

中田が、無線を切って、パイロットに合図すると、ヘリは、スピードをあげた。

ヘリのスピードは、二〇〇キロになっている。

犯人の車が、一〇〇キロで走っていても、越後川口インターまでの間に、追いつけるだろう。

ブルーメタリックの屋根の車が見えると、ヘリを降下させ、双眼鏡で、車種と、プレートナンバーを、確認する。

だが、問題の車は、なかなか、見つからなかった。

やがて、小出インターチェンジが、見えてくる。続いて、下りの小出サービスエリア。

ふいに、中田の眼に、サービスエリアの駐車場に、ブルーメタリックの車が、とまっているのが、飛び込んできた。

大型トラックの横に、かくれるようにとまっているので、車種と、プレートナンバーを、確認するのが、難しい。

中田は、パイロットに、高度を下げて、ホバリングしてくれるように頼んだ。

そうしておいて、双眼鏡の焦点を合せていった。

車種は、間違いなく、ニッサンのシーマだと、確認できた。が、プレートナンバーの方は、確かめられない。

「これ以上は、降下できませんよ」

と、パイロットが、いう。

サービスエリアの駐車場には、他にも、車がとまっているので、着陸は、不可能だった。

中田は、十津川に、無線連絡を取った。

「下りの小出サービスエリアに、ブルーメタリックのニッサン・シーマを発見。ただ、プレートナンバーが、確認できません」

――車内に人はいますか？

「いないようです」

――わかりました。到着次第、確認します
「こちらは、越後川口インターまで、飛んでみます」

と、中田は、いった。

3

十津川と、亀井は、小出サービスエリアに到着した。

周囲に、夕闇が、忍び込んできていた。

なるほど、駐車場に、ブルーメタリックのニッサン・シーマが、とまっている。

亀井が、駐車場に、作業車を滑り込ませ、シーマの傍に、とめた。

二人は、作業車から降りて、相手のナンバーを、確かめる。

「間違いありません。問題のナンバーです」

と、亀井が、いう。

「ここから、犯人たちは、どうしたかだな」

十津川は、車内を、のぞき込みながら、いった。

「ここにも、第二の車を用意しておいて、乗りかえたんでしょうか？」

「まず、それを、確かめてみよう」

と、十津川は、いった。

二人は、サービスエリアの中で働いている人間に会って、二、三日前から、不審な車が、とまっていなかったかどうか、きいてみた。

だが、それらしい車は、見ていないという返事が、返ってきた。

「それなら、なぜ、ここで、車を、捨てたんでしょうか？」

と、亀井が、首をかしげる。

「警察が、車の手配をすると読んで、ここで、乗り捨てたんだろう」

「しかし、ここには、車の用意をしてなかったとすると、ここから先は、どうしたんでしょう？」

「わからないが、ヒッチハイクをして、北へ行く車に乗せて貰ったのか、それとも、大型トラックの荷台に、もぐり込んだのか——」

と、十津川は、いった。

駐車場には、長距離トラックや、トレーラートラックが、何台も、とまっている。運転手は、食事をするために、運転席を離れているから、荷台にもぐり込むのは、そう難しくはないだろう。

十津川は、作業車に戻ると、ヘリに乗っている中田に、連絡を取った。

「やはり、問題のニッサン・シーマでした。それで、越後川口の検問ですが、どんな検問をしているんですか？」

——どんなといって、車を一台ずつ止めて、乗っている人間を、調べています。特に、ブルーメタリックのシーマと、男二人の乗っている車を、注意するようにと

「長距離トラックの荷台は、調べていますか？」

——いちいち、荷台を開けて、調べるんですか？　そんなことをしていたら、渋滞が、

起きてしまいますよ。それが、必要ですか？

「いや、もういいです」

と、十津川は、いった。今からでは、もう間に合わないだろうと、思ったからである。

――十津川さんは、どうされますか？

「関越は、新潟まで、伸びていましたね？」

――長岡インターで、北陸自動車道とつながっていますから、新潟まで行けますよ

「それなら、新潟まで、行ってみます」

――犯人たちが、新潟へ行ったと、思われるんですか？

「そんな気がするだけです」

と、十津川は、いった。

今度は、十津川が、作業車を運転して、小出サービスエリアを、出発した。

「警部は、犯人たちが、新潟へ向ったと、思われるんですか？」

助手席の亀井が、きく。

「犯人たちは、なぜかわからないが、車を乗りついでまでして、北へ向っている。脇道へ、逃げてしまえば安心だと思うのにだよ。そこに、犯人たちの強い意志を感じるんだ」

と、十津川は、いった。

「北へ向う意志ですか？」

「そうだよ」

「なぜ、北へ行くんですかね？　仲間の女が、東京で、四億円を、手に入れていますから、普通なら、東京へ行く筈だと、思いますが」

と、亀井が、不思議そうに、いう。

「私にも、理由は、わからないよ」

と、十津川は、いった。

理由は、わからないが、とにかく、二人の犯人は、北へ向った。その確信は、十津川には、ある。

陽《ひ》が落ちた。

十津川は、ライトをつけて、車を走らせた。

越後川口インターの手前で、県警が、検問をしているのが、見えた。

十津川と、亀井は、警察手帳を見せて、通り抜けた。

長岡から、北陸自動車道に入り、新潟に着いたのは、夜になってからだった。

二人は、取りあえず、港に近いホテルに、チェック・インした。

まず、県警本部に電話をかけ、中田警部に連絡してくれるように、頼んだ。

そのあと、東京の捜査本部に、電話し、三上部長に、事件の経過を、報告した。

夜半近くなって、中田から、電話が、かかった。

「とうとう、犯人二人は、取り逃がしましたが、モンタージュは、出来あがりました」

と、中田は、いった。

「東京でも、四億円を受け取った女のモンタージュが、作成されていますから、犯人たちは、次第に、明らかになっていくと、期待しています。それに、犯人たちが、関越トンネルを、ターゲットにしたのは、それなりの理由があったと思っています。それで、去年三月十五日に起きたトンネル内の事故で亡くなった男女のことを、調べさせています」

「確か、檜山という男と、桜井ひろみという女でしたね」

「そうです。どちらも、東京の人間なので、警視庁で、二人の家族、友人などについて、調べています。その中に、今回の事件の犯人がいるかも知れません」

と、十津川は、いった。

「十津川さんは、犯人が、北へ行ったと、今でも、信じておられるんですか？」

と、中田が、きいた。

「ええ。信じています。多分、この新潟に来ていると、思っています」

「それは、直感ですか？」

「半分、勘です。あとの半分は、犯人の意志です」

「犯人の意志？」

「ええ。二人の犯人が、何としてでも、北へ行こうとした、その強い意志のようなものを感じたのです」

と、十津川は、いった。

「しかし、そう見せかけて、実際には、途中で、関越自動車道からおりて、今頃、南へ向って走っていることだって、あり得るわけでしょう？」

と、中田が、きく。

十津川は、あっさりと、

「もちろん、あり得ますね。その時は、降参するより仕方がありません」

と、いってから、

「二人の犯人について、わかったことを、教えてくれませんか」

「二人とも、三十歳代前半。管理事務所の職員の一人が、抵抗して、犯人の一人に、右腕を射たれたんですが、もう一人が、医療器具を取り出して、手早く手当てをしたそうです。その上、十四人の職員全部に、麻酔薬を注射して、動けなくしたと、いっています」

「医者ですか。特徴があって、いいですよ」

と、十津川は、いった。

それから、三十分ほどして、中田が、ホテルのＦＡＸに、二人の犯人のモンタージュを、送ってきた。

眉毛の濃い男の方には、次のような説明がつけられていた。

○命令調で喋り、いきなり、拳銃で威嚇し、抵抗しようとした職員を、有無をいわせず射ち、職員は、右腕に負傷した。

また、眼鏡をかけている男の説明は、次の通りだった。

○医者と思われる男である。傷の手当ても、注射をする手付きも、慣れている感じだった。ほとんど、口を利《き》いていない。

この二人のモンタージュを見ている時に、今度は、東京の西本から、電話が入った。

「女のモンタージュが出来たので、これから、送ります。それから、檜山功と、桜井ひろみの家族、友人についての調査が終りました。調査した甲斐《かい》がありました」

と、西本は、いう。

「やはり、関係があったか？」

「桜井ひろみの姉が、五歳年上で、名前は、桜井由紀といいます。彼女が、問題のモンタージュによく似ています」

「それは、面白いね。檜山功の方は、どうだ？」

「こちらには、兄弟はいませんが、檜山の大学の先輩で、兄事《けいじ》していた男が、います。名前は、原田俊一で、年齢は、三十二歳です。興味があるのは、今年に入って、三回、グアムに行っていることです。ひとりでです」

と、西本は、いった。

「その男は、医者じゃないのか？」

「いえ。Ｓ建設に勤めるサラリーマンですが、医者というのは？」

「湯沢管理事務所を占拠した二人の犯人の中の一人は、医者のようだと、いわれているのでね」

「なるほど」

「年齢は、二人とも、三十代前半だったといわれているんだ。新潟県警から、この二人のモンタージュがいく筈だから、至急、檜山功の周辺か、或いは、原田という男の近くに、そのモンタージュに似た医者はいないかどうか、調べてみてくれ」

と、十津川は、いった。

「ちょっと待って下さい。今、新潟県警から、警部のいわれた犯人二人のモンタージュが、FAXで、送られて来ています」

と、西本が、いう。

「その一人が、原田俊一に似ていないかどうか、見てくれ」

と、十津川は、いって、西本の答を待った。

二、三分、間があってから、

「似ていますね。特に、眉のあたりが、よく似ています」

「それを、新潟県警の中田警部に知らせてくれ」

と、西本は、いった。

「彼の写真と、桜井由紀の写真を、新潟県警に送っておきます。それから、問題の医者を探します」

と、西本は、いった。

4

未明に、原田俊一の顔写真と、桜井由紀の写真が、ホテルに、電送されてきた。

ＦＡＸを使用したので、シロクロだが、はっきりしたものだった。

なるほど、原田俊一の顔は、湯沢管理事務所を占拠した犯人の一人と、よく似ている。

十津川と、亀井は、ほとんど、眠らないままに、その男女の顔写真を、眺めていた。

「この原田が、今年になって、三回も、グアムに行ったのは、拳銃の取扱いに慣れるためじゃありませんかね」

と、亀井は、いった。

「多分、カメさんのいう通りだと思うよ。それに、建設会社に勤めていれば、ダイナマイトなどの入手も、簡単だったかも知れないな」

と、十津川は、いった。

「二人は、どうして、知り合って、今度の事件を計画したんでしょう？　原田と、桜井由紀ですが」

「原田は、弟のように、檜山功を可愛がっていたし、桜井由紀は、死んだ桜井ひろみの姉だ。日本道路公団に抗議している時、一緒になったんじゃないかな。そして、責任を取ろうとしない相手に対する腹立たしさを、話し合っている中に、意気投合したのかも知れない」

と、十津川は、いった。

「しかし、追突事故の責任は、日本道路公団にはなかったんでしょう？」

「この事故を調べた県警の結論は、適当な車間距離をとってなかった運転者の責任になっているということだよ。しかし、遺族にしてみれば、どこかに、怒りをぶつけたくなるんだろうし、日本道路公団という大きな組織に、怒りを、ぶつける気になったんだと、思うね」

「姉の桜井由紀の気持は、わかりますが、原田俊一の方は、どうなんですかね？　ただ単に、大学の先輩後輩というだけで、後輩の仇《あだ》を討つために、殺人をやり、今回のような事件を引き起こすものでしょうか？」

と、亀井は、首をかしげた。

「それは、原田と、檜山の親しさが、どんなものだったかによるだろうね。カメさんが、殺されたら、私は、どんなことをしてでも、その仇を討ちたいと思うよ」

と、十津川は、いった。

「警部。私を嬉しがらせないで下さいよ」

と、亀井は、いってから、照れたように、窓の外に眼をやって、

「女も、当然、金を持って、ここにやって来るんでしょうね」

「犯人の男二人が、ここに来ていれば、女も、必ず、やって来る筈だよ。最初から、それは、計画の中に入っていたに違いないからね」

と、十津川も、窓の外に眼を向けた。

明るくなり始めた沖に、大きな貨物船が、浮んでいるのが見える。

「あれかな？」

と、十津川が、呟いた。

「あれって、海ですか？」

「船だよ」

「大きな船ですね。何万トンもあるんじゃありませんか。あれに乗れば、アメリカにも行けますよ」

「犯人たちは、そのために、この新潟に逃げて来たんじゃないかな？」

「あの船に乗るためにですか？」

「貨物船でも、客を乗せることがあると、聞いたことがある」

「ええ。そうらしいですね。貨客船というんじゃありませんか。ここから、船で、国外脱

出ですか？」

　と、亀井が、きいた。

「この間、テレビの深夜番組で、古い映画を見たんだ。港町が舞台でね。一週間後に出航する汽船を、そこで、人々が、待っている。殺人犯が、その船で国外へ脱出しようとしていたり、仕事がうまくいかなくて、海外へ働きに行く家族もいるという具合でね。その港町のバーの女に惚《ほ》れて、一緒に船で行こうと約束していたのに、その女が、他の男に惚れて逃げてしまい、一人寂しく、乗船する男とかね。あの船を見ていたら、ふと、その映画を、思い出してね」

　と、十津川は、いった。

「映画の中で、殺人犯は、脱出に成功するんですか？」

　亀井が、きいた。

「警察の眼をくぐり抜けて、出港直前の船にもぐり込むことに成功する」

「まんまと、逃亡ですか？」

「だが、埠頭《ふとう》で、好きな女が、警察に捕っているのを見て、船をおりてくるんだ」

「ロマンチック過ぎますね」

「フランス映画だからな」

と、十津川は、いった。

「しかし、ここは、日本ですからね。犯人は、船には乗せませんよ」

と、亀井は、いってから、

「警部には申しわけありませんが、今どきの犯人は、船より飛行機を使って、逃亡を図るんじゃありませんか？　ここには、新潟空港があります。確か、新潟からも、国際線が出ています」

「なんだ。警部は、調べたんですか」

「イルクーツク、ハバロフスク、ソウル、ウラジオストック」

「一応ね。確かに、カメさんのいう通り、飛行機で逃げる方が、手っ取り早い。国外へ逃げるとすれば、多分、カメさんの推理どおり、だろうと思う。私もそう思うんだが、あの映画の影響かねえ。どうも、船の姿が、気になってね」

と、十津川は、いった。

「とにかく、県警に話して、新潟空港に、張り込んで貰いましょう」

と、亀井は、いった。

市内の県警本部で、十津川と亀井は、県警本部長に、話をした。これには、中田警部も、参加したが、犯人たちが、新潟に来ているという十津川の考えには、あまり、賛成ではなかった。

「確かに、作業車と、ニッサン・シーマを乗り継いで、関越自動車道を、小出インターまで来たことは、間違いないと思いますが、そのあとは、不明です。つまり、犯人たちは、われわれに、北へ向ったと思わせておいて、実際には、東京へ戻ったという可能性もあるわけです。国外へ逃亡するとしても、東京や、関西の方が、ルートが、沢山ありますからね」

と、中田は、自分の意見を、いった。

十津川も、その可能性は、ゼロとは、思っていない。

従って、成田の新東京国際空港に、警視庁の刑事を張り込ませることに、十津川は、同意した。が、その代りに、自説も、曲げなかった。

本庁の要請ということもあってか、県警本部長も、新潟空港と、新潟港への張り込みは、実施してくれることになった。

県警の刑事たちは、二人の犯人のモンタージュと、東京で、四億円を受け取った女のモンタージュを持って、張り込みを開始した。

十津川が、それを、県警に委せて、ホテルに戻ると、東京から、西本と日下の二人が、到着していた。

「いろいろと、わかったことがありますので、直接、警部にお伝えした方がいいと、思いまして」

と、西本は、いい、日下は、

「犯人たちが、新潟に集っているとなると、お二人だけでは、心配でしたので」

と、いった。

「わかったことを、まず、聞かせてくれないか」

と、十津川は、いった。

「犯人の一人と思われる原田俊一について、面白いことがわかりました」

と、西本は、いう。

「去年の三月、関越トンネル内の事故で亡くなった檜山功の大学の先輩だったな」

「そうです。檜山が、兄事していた男ですが、ただ、それだけで、可愛い弟分の仇を討つために、今度のような事件を起こすとは、ちょっと考えにくいので、二人の関係について、調査を続けていたわけです」

「それで、何が、わかったんだ？」

「五年前、檜山は、大学二年でしたが、交通事故を起こしています。深夜に、環八で、青信号で、横断歩道を渡っていた老人を、はねました。幸い、この老人は、一命を取り止め、示談で解決していますが、檜山は、一年間の停学処分を受けています。ところが、この交通事故、車を運転していたのは、檜山ではなく、他の人間ではなかったのかという疑いが、持たれているんです」

「それが、原田というわけか？」

「この事故を調べた交通係の警官に話を聞いたんですが、この日、檜山は、大学の先輩や、クラスメイトと、麻雀をやっての帰りだったそうなんです。帰る時、檜山は、先輩の原田と一緒に、車で帰ったんですが、事故を起こした時は、彼一人だったというわけです。勘ぐれば、原田が運転していて、老人を、はねてしまった。社会人の原田は、それが会社にわかれば、馘《くび》になりかねない。そこで、学生の檜山が、先輩をかばったんじゃないか。事故を起こしたあと、原田を、車からおろし、自分一人で運転していたことにして、一一九番して、救急車を呼んだのではないかということなんです」

と、西本は、いう。

「なるほどな。原田は、ずっと、そのことを感謝してきたということか」

「原田の勤めていた建設会社は、大手で、交通事故とかには、うるさい会社だそうですからね。もし、原田が、五年前に、人身事故を起こしていれば、馘になっていたでしょうからね」

と、西本は、いう。

「他にも、原田が、今回の犯罪に至った理由が、あったと、私は、思いますね」

と、日下が、いった。

「どんなことだ？」

十津川が、興味を持って、きく。

「原田は、去年、離婚しています。どうも、奥さんの浮気が原因のようで、最近は、そのためか、よく、泥酔《でいすい》していたそうです。それが、犯罪に飛び込む引金になっていたということも、考えられます」

「守るものが無くなっていたということだな」

と、十津川は、いった。

「桜井由紀の方は、どうなんだ？　姉妹というだけで、今回の事件を、引き起こしたのかね？」

と、亀井が、西本と、日下の二人に、きいた。

「もちろん、姉妹ということは、あると思いますが、無視できないのは、原田と、桜井由紀との関係だと思います」

と、日下が、いった。

「二人の間に、恋愛感情みたいなものが、あるのかね？」

　と、亀井が、更に、きいた。

「私は、あると、思いますね。最初は、無かったとしても、二人で、協力して、犯罪にのめり込んでいく中に、同志的な感情が生れて、それが、恋愛感情になったとしても、不思議はないと思います。彼女の方は、なかなか、美人ですから」

　と、日下は、いった。

「もう一人の犯人について、見当はついたのか？」

　と、十津川が、きいた。

「医者らしいということで、原田と、桜井由紀の周辺に、そんな人間はいないかどうか、聞き込みをやってみました。何人かの人間が、あがってきたんですが、犯人のモンタージュと一致する医者として、この男が、見つかりました」

　西本は、一枚の顔写真を、十津川と亀井の二人に見せた。

　なるほど、モンタージュに、よく似ている。

「どんな男なんだ？」

　と、十津川が、写真を見ながら、きいた。

「名前は、池内文彦。原田と同年の三十二歳です。一言でいえば、落伍者《らくごしゃ》です」

と、西本は、いった。

「どんな風に、落伍者なんだ？」

「池内は、原田と同じ高校を卒業しています。その後、池内は、N医大に進み、医者の道を歩きます。父親と、兄が、医者の家庭です。池内は、国立N医大を卒業し、外科医の卵として、N医大附属病院に勤務します。一応、順調に、医者として出発したわけです。三十歳の時、この病院の外科の主任に推薦されたんですが、その直後に、彼は、医療器具メーカーから、新しい器具の納入に便宜《べんぎ》を図り、その謝礼として、二百万円を受け取った容疑で、逮捕されてしまったんです」

「それは、事実だったのか？」

「ええ。メーカー側は、新しく主任になった、坊ちゃん育ちの池内に狙いをつけて、猛烈に、アタックしたわけです。池内は、どうも、たいした罪の意識なしに、金を受け取ったと、思われます。しかし、結果は、N医大附属病院の外科主任の地位を失い、医者として出世の道は、失いました」

「医師としての資格は、失わなかったのか？」

と、亀井が、きいた。

「父親の必死の奔走《ほんそう》があったりして、それは、まぬかれましたが、今もいいましたように、医者としては、出世の道は、閉ざされてしまいました」

「それで、落伍者か？」

「そうです」

「原田は、そんな池内を誘って、今度の事件に、加担させたわけか？」

「そうじゃないかと、思います」

「この男の性格なんかも、調べたのか？」

と、十津川は、きいた。

「同じN医大の仲間なんかに、聞いて廻りました。不思議に、池内のことを、悪くいう人間はいませんでしたね。医者としての腕もいいし、勉強家だし、友だちづき合いも悪くない。ただ、坊ちゃん育ちで、世の中を甘く見ていたんじゃないかといっています」

「それも、悪徳の一つだよ」

と、十津川は、いった。

「原田との関係は、高校時代のクラスメイトというだけなのか？」

と、亀井が、西本に、きいた。

「いや、その後のつき合いもあったようです。社会人になってから、一時、同じマンションに、住んでいたこともあったそうですから」

と、西本は、いった。

「池内に、恋人はいないのか？」

「結婚寸前までいっていた女性はいます。N大附属病院の副院長の娘ですが、池内が、警察に逮捕された時点で、この結婚話も、立ち消えになっています」

と、西本は、いった。

5

十津川は、男二人と、女一人の顔写真を、テーブルの上に並べ、改めて、見直した。

「この三人が、人を一人殺して、四億円を、奪ったのか」

と、十津川は、呟いた。

「リーダーは、原田でしょうか？」

と、西本が、きく。

「多分、そうだろう」

「桜井由紀は、妹の仇討ちみたいな気持で、原田と組んで、今度の犯行を、実行したんでしょうが、池内は、なぜ、加担したんですかね？　医者として、将来性が無くなったことで、自棄《やけ》を起こしてでしょうか？　それとも、原田への友情からでしょうか？」

日下が、首をかしげるようにして、いった。

「池内のことを調べたのは、君たちなんだろう。それでも、わからないのか？」

と、十津川は、西本と、日下の顔に、眼をやった。

「もちろん、いろいろ考えましたよ。最初に考えたのは、今、日下刑事がいった、自棄から、原田の誘いにのったんじゃないかということです。しかし、池内は、医師としての資格まで失ったわけじゃありません。それに、彼の家は、資産家です。一億円や、二億円の分け前につられて、やったとも、思えないのです。原田との間に、特別な関係があるのではないかと、その点も、調べてみました。原田と、檜山功との間みたいにです。しかし、二人が、親しかったのはわかりましたが、人生の貸し借りみたいなものは、ありませんでした」

と、西本は、いった。

「人がいいから、誘われるままに、加担したのでもあるまい？」

と、亀井が、いう。

「そうですね。医療器具メーカーとのことは、彼の人の良さが、利用されたんだと思いますが、今度のことは、凶悪犯罪ですからね、人の良さだけで、仲間に入ったとは、思えないのです」

と、西本は、いった。

「と、すると、今回の事件は、池内にとっても、何か利益があるから、参加したんだろうね」

と、十津川は、いった。

「やはり、金でしょうか？」

日下が、いう。

「金しかないだろう」

と、亀井が、断定するように、いった。

とにかく、池内たちのことを、県警の中田に、知らせることにした。

電話で、連絡をとると、中田が、ホテルに、やって来た。

興奮した表情で、入って来たので、十津川は、

「連中が、空港に現われましたか？」

と、思わず、きいたのだが、中田は、

「それは、まだですが、素晴らしい情報が、手に入りました」

と、いった。

「どんなことですか？」

「十津川さんが教えてくれた三人ですが、明日のソウル行の予約リストに、名前が、のっているんです」

中田は、嬉しそうに、いった。

「原田俊一、池内文彦、桜井由紀の三人の名前がですか？」

十津川も、思わず、声が、大きくなった。

一緒にいた亀井も、眼を輝かせて、中田を見た。

「そうなんです。明日の一三時一〇分、新潟発の大韓航空771便を、予約しています。ばらばらにですが、間違いなく、三人の名前が、リストに、のっていました」

と、中田は、いった。

「それは、素晴らしい」

と、十津川は、いった。

「やはり、十津川さんの推測された通りでした。女も、新潟へ来ているんです。四億円を持って、三人で、国外逃亡を、図っているんですよ」

と、中田は、いった。

「他の便も、予約しているということは、ありませんか？」

亀井が、慎重に、きいた。

「念のために、新潟発の他の国際線も、念入りに、調べましたよ。イルクーツク行のアエロフロート、ハバロフスク行の日本航空とアエロフロート、ウラジオストック行のアエロフロート、それに、ソウル行は、一〇時三五分の日本航空もあるので、それも調べました。しかし、どれにも、三人の名前は、のっていません」

と、中田は、いった。

「明日の一三時一〇分ですか」

十津川は、呟いた。

「そうです。必ず、三人とも逮捕して、四億円を、取り戻しますよ。新潟県警の面目にかけても」

中田は、勢い込んで、いった。

「明日は、私たちも、空港へ行きますよ」

と、十津川は、いった。

「構いませんが、ここは、新潟だということを、忘れないで下さい」

中田は、釘を刺すように、いった。

十津川は、苦笑して、

「よくわかっています」

と、いった。

中田が、帰ってしまうと、亀井が、小さく、肩をすくめるようにして、

「張り切っていますねえ」

「若いんだから、当然さ」

と、十津川は、いった。

「あの分だと、明日、新潟空港は、県警の刑事で、あふれてしまうんじゃありませんか」

と、亀井は、いった。

十津川は、笑っていたが、急に、電話を取って、東京に残っている北条早苗刑事に、かけた。

「池内文彦という医者のことだが、もう少し調べてみてくれ。彼が、なぜ、今回の犯罪に手を貸したか、その理由を、知りたいんだ」

と、十津川は、いった。

なぜか、十津川には、それが気になって、仕方がなかったのだ。

第七章　一つの結末

1

東京の捜査本部では、早苗と、三田村が、十津川の命令で、池内文彦についての捜査を続けていた。

池内は、外科医として、エリートコースを歩いていたのに、二百万円を受け取ったために、挫折し、そのために、高校時代の友人、原田に誘われるままに、今回の犯行に加わったのではないか。

このことは、西本と日下の二人が、現場に行って、十津川に報告している筈である。

それにも拘《かかわ》らず、十津川が、更に、調査を指示してきたのは、この動機に、疑問を持っているということだろう。或いは、他の動機が、重なっているのではないかという疑問かも知れない。

「池内が、犯行に加わっていることは、はっきりしているんだから、動機は、あまり重視する必要はないんじゃないかな」

と、三田村は、早苗に、いった。

「なぜ？」

と、早苗がきく。

「三人が、飛行機で、逃げようとするところを逮捕して、この事件は、解決だからさ。そのあと、訊問で、完全な動機は、自然に、わかってくる。それで、十分じゃないかと、思うんだよ」

「でも、警部は、本当の動機を知りたいと、いってるわ」

「うちの警部は、慎重すぎるんだよ」

「殺人事件なんだから、慎重すぎることはないわ」

と、早苗は、いった。

「池内が、犯人かどうか不明というのなら、慎重さは必要だけど、今回のケースは、犯人であることは、もう、間違いないんだからね」

「文句をいってないで、調べに行きましょうよ」

と、早苗は、促して、捜査本部から、出かけた。

池内の家族には、わざと、会わなかった。身内の証言は、あまり、信用できなかったからである。

二人は、池内の医者仲間に、会った。前にも、話を聞いた人たちである。

最初の中《うち》、二人が聞けたのは、前と同じ話ばかりだった。

だが、何人もの医者に、話を聞いていく中に、やっと、新しい話を聞くことが出来た。

池内と同じ医大を出た男で、池内が、挫折したあと、会い、酒を呑みながら話をしている時、こんな話を聞いたというのである。

「あんなことになって、心配だったので、これから、どうするつもりだと、池内に、聞いたんですよ。そうしたら、オーストリアに行きたいといっていましたね。ウィーンの国立病院に、心臓手術の権威がいる。そこに行って、最新の手術技術を、学びたいと、いっていました」

「しかし、そのためには、金が要《い》るでしょう？」

と、三田村は、きいた。

「そうですね。何年間か、そこで、研究するとなれば、かなりの金が、必要だと思いますよ」

「池内さんの実家は、金持ちだと、聞きましたけど？」

と、早苗は、いった。

「そうなんですがね。賄賂《わいろ》事件のあとは、父親が、神経質になって、とても、そんな費用を出してくれとはいえない。自分で、何とか、その資金を作りたいとも、いっていました」

「他には、何か、これからの希望は、いっていませんでしたか？」

と、三田村が、きいた。

「彼は、前に一度、若い時でしたが、ボランティアで、アフリカの無医村地帯に、行ったことがあるんです。彼は、そこに、病院を建てたいとも、いっていましたね。日本では、挫折したが、その無医村地帯に病院を建て、そこで、医療活動をしたいというのです」

「それも、金が要りますね？」

「ええ。そうですね」

「心臓手術の勉強と、アフリカでの医療活動と、どちらにしろ、池内さんは、日本脱出を考えていたということですわね？」

と、早苗は、きいた。

「ええ。あんな事件を起こして、日本の医学の世界では、生きていくのは難しいと思ったのか、或いは、他の世界で生きて行きたいと思っていたんじゃありませんか。あの時、彼の本音が聞けたと、思いましたよ」

と、その友人は、いった。

「しかし、どちらにしろ、金が、必要ですね」

「そうなんです」

「でも、アフリカで、医者として働きたいのなら、交通費だけでも、いいんじゃないのかしら？　向うで、どこかの病院に入り、医療活動をしてもいいんだから」

と、早苗は、いった。

友人は、肯いたが、

「彼は、坊ちゃん育ちですからね。アフリカの無医村地帯を見てきたあと、何とか、病院を贈りたいと思っていて、あんな事件のあとも、自分一人で行くより、やはり、病院も、贈りたいと、思い続けていたんだと思いますね」

と、いった。

2

「これで、新しい動機が、見つかったわ」

と、早苗は、いった。

「日本脱出と、金が欲しかったということで、動機は、決ったんじゃないかな。すぐ、警部に、報告しよう」

と、三田村がいう。

「いえ。まだだわ。もう少し、調べてみたい」

「何を、調べるんだ？」

「彼が、なぜ、今度の犯行に加わったか、その理由よ」

と、早苗は、いった。

「それは、今、わかったじゃないか」

「他にも、理由は、あるかも知れないわ。日本脱出を考え、お金が欲しかったとしても、それだけで、あんな犯罪に、コミットするとは思えないわ」

「しかし、どう調べるんだ？　池内の友人には、だいたい、全部会って、話を聞いているよ」

と、三田村は、いった。

「原田の友人には、まだ、聞いてないわ」

「彼の動機を調べるんじゃないよ」

「でも、原田の誘いに、池内がのった理由は、まだ、はっきりしているとは、思えないわ。

ただ、高校時代の友人だったからといって、犯罪に参加するとは、思えないのよ」

と、早苗は、かたくなに、いった。

「原田の友人に会えば、それが、わかると思うの？」

「かも知れないと、思っているだけ」

と、早苗は、いった。

二人は、パトカーで、原田の友人、特に、高校時代の友人を、訪ねて廻ることにした。

高校時代の友人なら、原田と、池内の両方を、知っている筈だからである。

今回の事件の犯人が、原田、池内、そして、桜井由紀の三人ということは、まだ、マスコミには公表されていない。

早苗と、三田村の二人も、もちろん、それは伏せて、原田の友人たちに会った。

だが、なかなか、こちらの期待するような反応は、得られなかった。

七人目に会ったのは、Ｍ火災に勤める石川というサラリーマンだった。

石川は、卒業後は、原田より、池内の方と親しかったといった。

「僕のおやじが、池内に診て貰い、盲腸の手術を受けたりしたことがありましてね」

「池内さんと、原田さんが、高校卒業後も、つき合っていたかどうか、知りませんか？」

と、早苗は、きいた。

「それは、知りませんが、一度、池内と、原田のことを、話したことがありましたよ」

と、石川は、いった。

早苗は、ほっとして、

「どんなことを、話したんですか？」

「なんでも、原田が、金に困ったことがあって、人のいい池内は、それを用立てたという
ことでしたよ」

石川は、ニコニコ笑いながらいった。

「いくらぐらいですか？」

と、早苗は、きいた。

「三百万だと、いっていましたね」

「それは、いつ頃のことですか？」

「確か、池内が、外科主任になる少し前だったと思いますね」

と、石川は、いう。

三田村が、傍から、

「それは、反対じゃないんですか？」

「反対って？」

「三百万貸したのは、池内さんじゃなくて、原田さんの方じゃなかったんですか？」

三田村が、きくと、石川は、笑って、

「池内は、金持ちの息子ですよ。彼が、金を借りる筈はないでしょう。彼が、原田に貸したんですよ」

と、いった。

三田村は、更に念を押したが、石川の答は同じだった。なぜ、わかり切ったことを、念を押すのか、不思議がっている表情だった。

「その三百万は、原田さんは、返済したのかしら？」

と、早苗は、きいてみた。

「それは、聞いてませんが、池内のことだから、原田が返さなくても、あまり、請求はしたりしなかったんじゃないかな。そんな男だから、二百万欲しさに、不正なんかやる筈がないんですよ」

と、石川は、いった。

早苗と三田村は、石川と別れると、困惑した表情になっていた。

「三百万の件が、逆だったら、池内が、原田に誘われて、犯行に参加したことが、納得できるんだがね」

と、三田村は、いった。

「確かに、そうね。池内は、原田に恩義があるので、協力したということになるから」

と、早苗も、首をかしげた。

二人は、更に、原田と、池内の共通の友人たちに会って、話を聞いた。

池内の方に、原田の誘いを断れない理由が見つかればと、思ったからだった。

その後、五人の友人を見つけ出して、会ったのだが、借りがあったとすれば、それは、池内ではなく、原田の方だと、五人とも、はっきりと、いった。

特に、最後に会った小林という男は、こんなことを、話してくれた。

「確か、原田は、池内に命を助けられたことがあるんじゃないかな」

「どういうことですか？」

と、三田村は、きいた。

「これは、聞いた話なんですがね。原田は、どうも身体の調子がおかしいと思いながら、医者に、いかなかったらしいんです。たまたま、池内に会ったので、その話をしたら、池内は心配して、すぐ、自分の働く病院へ連れて行って、診察を受けさせたところ、急性肝炎とわかったんだそうですよ。原田は、すぐ入院して、一ヶ月半で治ったんですが、大げさにいえば、池内は、原田にとって、命の恩人だというわけですよ」

と、小林は、いった。

聞いていて、早苗と、三田村は、いよいよ、渋い顔になった。どうも、二人の期待するのとは、逆の答が、出てきてしまうからである。

いくら調べても、恩義があるのは、原田の方なのだ。

「十津川警部の期待とは、反対の結果が、出てしまったな」

と、三田村は、渋い顔で、いった。

「でも、報告しないわけにはいかないわ」

と、早苗は、いった。

3

十津川は、新潟のホテルで、早苗と、三田村からの報告を受けた。

FAXで送られてきた報告を、読んだあと、それを、亀井に、見せた。

亀井は、眼を通してから、

「これでは、あまり、参考になりませんね」

と、いった。

「池内が、金が欲しかったことだけは、わかったじゃないか」

と、十津川は、いった。

「そうですが、池内が、犯行に加わった理由は、はっきりしませんよ。原田の方が、池内に、借りがあるんですから。これが、逆なら、うまく説明できますがね」

と、亀井は、いった。

「三田村と、北条刑事も、そう、報告には、書いているが、私は、これで、満足だよ」

と、十津川は、いった。

「すると、警部は、池内は、原田に借りがあるので、参加したのではなく、金が欲しくて、積極的に、自分から、参加したと、思われるんですか」

「そうかも知れないな」

と、十津川は、いった。

「まあ、明日、空港で、三人を逮捕したあと、訊問すれば、全て、わかることですが」

と、亀井は、いった。

二人は、あまり、眠れなかった。緊張のせいだろう。

十津川は、ベッドで横になったまま、今回の事件を、最初から、ふり返る作業をくり返した。

リーダーは、多分、原田だろう。

彼は、高校時代の友人の池内と、関越トンネル事故で、去年、妹を死なせている桜井由紀を、誘い、三人で、今度の犯行を、計画し、実行した。

由紀は、妹の仇を討とうと思い、池内は、金欲しさから、原田の誘いに応じた。

（原田の目的は、何だったのだろう？）

と、眼を閉じたまま、考える。

大学の後輩で、関越トンネル事故で死亡した檜山功の仇を討ちたかったことと、四億円の金だろう。

問題は、どちらが、主目的だったかで、原田の犯罪の質が、変ってくると、思う。

もし、檜山功の仇討ちが、第一の目的なら、原田という男は、かなり、ウエットな性格ということになる。

だが、四億円という金が目的で、檜山功の仇討ちが、桜井由紀たちを、今度の犯行に誘い込むための理屈づけだったら、原田は、自分が危険になれば、平気で、由紀と、池内を、裏切るのではないか。

十津川は、眼を開けると、手を伸ばして、三人の顔写真を取り、それを、見比べた。

「何をしていらっしゃるんですか？」

と、隣りのベッドで寝ていた亀井が、起き上って、きいた。

「この三人の性格を、考えているのさ」

と、十津川は、いった。

「性格ですか？」

「カメさんの方が、私より、人生経験が、豊富だから、三人の性格を、読んでみてくれないか」

と、十津川は、いい、三枚の写真を、亀井に、手渡した。

亀井は、それを、かざすように、見ていたが、

「原田は、単純な、割り切り型の性格じゃありませんかね。男らしいといえば、男らしいが、単純。浪花節。池内の方は、頭がいいと、思います。ただ、育ちのいい感じで、他人に、引きずられやすい。桜井由紀は、美人でそこそこに頭もいいが、男に惚れっぽいのかも知れません」

「すると、計画を立てたのは、池内ということかな？」

「そう思います。実行力は、原田の方が、あると思いますが」

と、亀井は、いった。

「そして、桜井由紀は、原田に惚れているのかな？」

「そこまでは、わかりませんが――」

「カメさんは、原田を、浪花節的だといったが、そうかな？」

と、十津川は、きいた。

「この顔を見ていると、そんな風に感じたんです」

「この原田が、他の二人を裏切って、四億円を持ち逃げするということは、考えられないかね？」

と、十津川は、きいた。

「持ち逃げ――ですか？」

「ああ。二十八日の一三時一〇分の大韓航空771便に、三人で、予約しているが、池内と、桜井由紀を、時間通りに、空港に行かせておいて、原田は、四億円を持って、姿を消してしまう。そんな真似をやることはないだろうかと、思ってね」

と、十津川は、いった。

「警部は、ずっと、それを、心配していらっしゃったんですか？」

亀井は、三枚の写真を、枕元のテーブルに置いて、十津川に、きいた。

「ああ。そうだ。いわば、今度の事件の、原田は、主犯だと思っている。われわれが、空港に張り込んでいる間に、原田は、他の二人を裏切って、逃げてしまうのではないだろうかと、ふと、考えてね」

「もし、原田が、そういう男だとしたら、ここまで、三人で、協力してやって来られなかったと思います」

と、亀井は、いった。

「三人の間に、信頼関係があったということか」

「そうです。現に、四億円の受け取りという、肝心なことを、原田と、池内は、桜井由紀ひとりに、委ねています。彼女が、悪女なら、四億円を手に入れて、男二人を裏切って、逃げてしまったと思います。つまり、三人の間に、信頼関係があったということだと、思うんですが」

と、亀井は、いった。

「カメさんが、そういうのなら、安心だ。空港で、三人まとめて、逮捕できるな」

十津川は、微笑して、眼を閉じた。

4

夜が明けた。

十津川は、すぐ、窓のカーテンを開けてみた。天候が、心配だったからである。

雪が降っていて、それが激しければ、空港が、閉鎖されたり、飛行機の発着が、おくれたりすることが、考えられたからである。

幸い、うす陽が、射していた。

雪の心配は、なさそうだった。この天候なら、平常どおり、運航されるだろう。

午前八時半に、十津川たち四人は、ホテル内で、朝食を、とった。

午前十時過ぎには、県警の中田警部から、電話があり、原田、池内、桜井由紀三人に対して、逮捕令状がとれたと、知らせてきた。

電話の声も、ひどく張り切っていて、新潟空港の逮捕劇が、どんなものか、想像されて、十津川は、ほほ笑ましくなった。あの若い警部にとって、一世一代の晴れの舞台になるだろう。

十津川は、亀井、西本、日下の三人に向って、

「今日は、われわれは、あくまで、脇役に徹したいと思っている。主役は、新潟県警だ。時に応じて、助力はするが、それは、県警の要請があったとき、初めて、実行することに限る」

と、話した。

「県警が、邪魔するなと、いっているわけですか？　ここまで、こちらは、県警と協力して、捜査に当って来たのに」

と、西本が、文句を、いう。

十津川は、笑って、

「今日は、今回の事件のフィナーレなんだ。県警に、花を持たせてやろうじゃないか」

と、いった。

昼過ぎに、十津川たちは、旅行客の感じで、新潟空港に向った。

十二月二十八日ということもあってか、国際線は、混雑している。そろそろ、年末の海外脱出組が、動き出しているのだろう。

県警の刑事たちも、十津川たちと同じように、旅行客に扮《ふん》して、空港に、集ってきている。

十津川と、亀井は、離れた場所から、ロビー全体を、眺めていた。

成田に比べれば、はるかに小さなロビーである。

それが、有難い。

「来ました」

と、亀井が、小声で、いった。

十津川の視線の中に、スーツケースを押すようにして、原田と、桜井由紀の二人が、入って来た。

ロビー全体の空気が、緊張するのが、十津川に、わかった。

張り込んでいる県警の刑事たちも、ほとんど同時に、原田と、桜井由紀の二人を、見つけたに違いないからである。

二人は、国際線の受付に、歩いて行き、大韓航空の窓口で、手続きをすませている。

「池内は、見えないな」

と、十津川は、呟いた。

県警の刑事たちが、じっと、我慢して、二人を、押さえようとしないのも、池内の姿が、まだ、見つからないからだろう。

原田と、由紀は、手続きをすませたあと、しきりに、腕時計に、眼をやっている。

「池内とは、ここで、待ち合せをしているみたいですね」

と、亀井が、小声で、いった。

大韓航空771便の搭乗は、まだ、始っていない。

県警の刑事も、動かない。三人を、一緒に逮捕したいからだろう。

やがて、大韓航空771便の搭乗開始のアナウンスがあった。

乗客の列が、動き出した。

原田と、由紀は、また腕時計に眼をやり、それから人を探すように、ロビーを見廻した。

(池内を探しているに違いない)

と、十津川は、思った。

(原田が、裏切って、一人で逃げるのではないかと考えたが、池内が、二人を裏切って、逃げたのか)

と、続けて、十津川は、考えた。

搭乗の列が、短くなっていく。

原田と、由紀は、また、腕時計を見ている。

それから、原田が、由紀の肩を押すようにして、搭乗口に向わせた。

自分は、まだ、ロビーに残って、池内を待ってみるということなのだろう。

だが、いぜんとして、池内は、現われない。

大韓航空771便の時刻が、近づいてくる。

原田が、搭乗口に向って、歩き出した。遂に、我慢しきれなくなって、県警の刑事が、一斉に動いた。

ロビーの空気が、ゆれた。

どっと、五、六人の刑事たちが、原田を取り囲む。

他の刑事たちが、搭乗口を飛び越えて、桜井由紀の逮捕に、走った。

中田警部が、部下に、原田を押さえさせながら、トランシーバーに向って、何か、怒鳴っている。

空港の外にも、何台もの覆面パトカーがとまっていたから、それに向って、指示を与えているのだろう。

池内が、現われたら、直ちに逮捕しろとでも、指示しているのかも知れない。

やがて、機内に入っていた桜井由紀が、県警の刑事たちに、両腕を抱えられて、引き戻された。

「笑ってますね」

と、十津川の傍で、亀井が、不思議そうにいった。

確かに、逮捕された原田と由紀が、ニヤニヤ笑っているのだ。

「捕って、ふてくされているのだろう」

と、十津川は、いった。

刑事たちは、二人のスーツケースを、床の上で、開けてみている。

中田警部は、その中をのぞき込んでいたが、眉を寄せて、何か、怒鳴った。

どうやら、札束は、スーツケースの中に、入っていなかったらしい。

「あとは、池内と、四億円ですね」

と、亀井が、いった。

「そうだな」

と、十津川は、肯いた。が、その顔が、急にゆがんだ。

「カメさん！」

と、十津川が、大声を出した。

「何ですか？」

「急ぐぞ！」

と、いって、十津川は、駈け出した。

亀井は、わけがわからずに、十津川の後に、続いた。

十津川は、空港の外で、タクシーをつかまえると、乗り込んだ。亀井も、その隣りに飛び乗る。

「新潟港へ、急いでくれ！」

と、十津川は、運転手に向って、大声を出した。

タクシーは、走り出した。

「何があったんですか？」

と、亀井が、やっと、きいた。

「捕ったあとで、あの二人は、腕時計を見ていたんだ！」

と、十津川は、興奮した口調で、いった。

「それは、大韓航空771便が、出発する時刻を、見ていたんでしょう」

「捕って、もう、乗れなくなっているのにか？」

「未練というやつかも知れませんよ」

と、亀井は、いった。

「ニヤニヤ笑いながら、未練がましく、その時刻を確認していたのか？」

十津川は、怒ったように、いった。

「じゃあ、二人は、何の時刻を？」

「他の出発の時刻だよ」

と、十津川は、いった。

「他のですか？」

「ああ、新潟からは、海外へ、船便も出ている。あの二人は、その時刻を、確認していたんだ」

と、十津川は、いった。

今日は、空港に、総動員をかけていた。

タクシーが、新潟港の岸壁に着くと、二人は、飛び降り、走った。

5

税関の建物に、二人は、入って行った。

一三時三〇分に出港する船はなかったが、一二時三〇分に、ウラジオストック向けに出港したロシア船があった。

五千トンの客船「ロシア号」である。

十津川は、この客船の乗客名簿を見せて貰った。

「くそ！」

と、十津川が、叫ぶ。

池内文彦の名前が、その中に、あったからだった。

池内は、大韓航空７７１便と、両方を、予約していたのだ。

「しかし、ロシア号の出港は、一二時三〇分でしょう。すでに、出港しているのに、なぜ、原田と、桜井由紀は、時刻を、気にしていたんでしょうか？」

と、亀井が、きく。

「二人が、気にしていた時刻は、出港の時刻じゃないと思う。公海に出る予定時刻なんだよ。船が、公海に出てしまえば、われわれは、手を出せなくなるからね」

と、十津川は、いまいましげに、いった。

十津川と、亀井は、桟橋に出てみた。

ロシア号が、繋留されていた場所は、今は、船の姿はない。

海から、吹いてくる風は寒く、空は、北国の冬特有の鉛色で、重い。

十津川は、しばらく、睨むように、海を見つめていたが、

「カメさん。寒くなった。帰ろう」

と、いった。

「これから、どうしますか？」

「とにかく、県警と、相談しなければならない。三上部長にも、報告が、必要だ」

と、十津川は、いった。

二人は、タクシーで、新潟東警察署に向った。

そこには、西本と、日下の二人が、十津川を、待っていた。

「原田と、桜井由紀の二人は、こちらに、連行されて来ています」

と、西本は、いった。

「訊問は？」

「すでに始まっていると思いますが、今のところ、何も喋っていないようです」

「中田警部に、会いたいな」

「呼んで来ましょう」

と、西本は、いった。

五、六分して、中田は、西本と、階段をおりて来たが、十津川に向って、不機嫌に、

「今、原田俊一と、桜井由紀に対して、訊問を行っているところなんです。何としてでも、池内文彦の居所を、吐かせて、逮捕する必要が、ありますのでね」

「居所なら、わかっています。今、ロシアの客船の中で、ウラジオストックに向っていますよ」

と、十津川は、いい、新潟港で、見たことを話した。

「本当ですか？」

「今日の一二時三〇分に、出港したロシアの客船の乗客名簿を調べれば、池内文彦の名前が、のっていますよ」

「しかし、なぜ？　なぜ、池内一人だけ、船で、逃げたんですか？」

と、中田が、不思議そうに、きいた。

「逃げたんじゃありません。逃がしたんですよ」

と、十津川は、いった。

「原田がですか？」

「原田と、桜井由紀の二人がです。彼等は、われわれの注意を、新潟空港に引きつけておいて、その間に、池内を、船で、逃がしたんです」

と、十津川は、いった。

「しかし、そんなことをすれば、自分たち二人が、捕ってしまう。それを覚悟の上でということですか？」

中田は、信じられないという表情で、きいた。

「そうかも知れません」

「四億円も、要らないというわけですか？」

「その点は、わかりません」

「信じられませんよ」

と、中田は、いう。

「二人を訊問していけば、真相が、わかってくると思いますよ」

と、十津川は、いった。

中田が、首を振りながら、取調室に戻って行くと、亀井が、

「原田と、桜井由紀の二人が、池内文彦を、逃がしたというのは、事実ですか？　自分たちを、犠牲にして」

と、十津川に、きいた。

「カメさんが、いってたじゃないか。原田という男は、浪花節的だって。それに、北条刑事と、三田村刑事が、調べてくれたことがあった。この二つから、もっと早く、池内文彦の逃亡を、予想すべきだったんだ」

十津川は、残念そうに、いった。

「原田が、池内を逃がすことをですか？」

「そうさ。池内が、原田に借りがあるのではなく、逆だとわかった時、それも、原田が、池内に命を助けられたとわかった時、われわれは、今日の事態を、予測すべきだったんだよ」

と、十津川は、いった。

腹立たしげない い方になったのは、自分に腹を立てているからだった。

新潟空港で、原田と桜井由紀の二人だけが現われた時、ひょっとして、池内を逃がそうとしているのではないかと、考えるべきだったのだ。

「それなのに、われわれは、二人が、池内が来るのを待っているものと、思い込んで、彼等を、見張り続けていた。まさか、二人が、自分を囮《おとり》にして、池内を逃がすとは、考えもしなかった」

と、十津川は、いまいましげに、いった。

「しかし、私は、まだ、理解できませんね」

と、亀井は、いった。

「何がだ？」

「原田と、桜井由紀の気持ですよ。二人は、警察の注意を、自分たちに引きつけておいて、その間に、池内を逃がそうとしたわけでしょう？　自分たちが、逮捕されるのを覚悟で。それなら、なぜ、あんな苦労をして、四億円を手に入れたのか、そこが、全く、わかりません」

と、亀井は、いった。

「それは、本人に聞くより仕方がないね」

と、十津川は、いった。

6

原田と、由紀の二人は、黙秘を、続けている。

中田警部は、困惑した顔で、十津川に、

「二人が、なぜ、黙秘しているのか、わかりませんね。池内が、ロシア船に乗ったことは、わかっていると、告げても、いぜんとして、黙秘です」

と、いった。

「なるほど」

「何もかも、わかっているといっているのに、なぜ、あの二人は、口を閉ざしているんですかね？　そんなことをしていて、何のトクがあるんですかね？」

「明日、いや、明後日の三十日になれば、話し出すかも知れませんよ」

と、十津川は、いった。

「なぜ、三十日になったらと、思われるんですか？」

中田が、不思議そうに、きく。

「例のロシア船ですが、三十日の一四時三〇分に、ウラジオストックに、着く予定になっています。多分、それまで、二人は、何もいわないつもりではないかと思うのです」

と、十津川は、いった。

「しかし、そのことだって、われわれは、知っているわけですよ」

「そうです。しかし、二人は、それまで、絶対に、言質《げんち》を、とられまいと、思っているんじゃありませんかね。われわれが、ロシア船のことを知っているとなって、なおさら、何もいうまいと、決めたのかも知れません」

と、十津川は、いった。

「それでは、三十日の一四時三〇分まで、訊問を、中止しますか?」

「その間に、池内を、何とか逮捕できる方法を、考えましょう。インターポールを通じて、ロシア政府に、池内の引き渡しを要求することも、必要です」

と、十津川は、いった。

「それは、私の力を超えています。県警本部長を通して、要請するより仕方がありませんし、ロシア政府が果して、犯人の引き渡しに応じるかどうか、わかりません」

「それでも、やってみるより仕方がありませんよ」

と、十津川は、いった。

すぐ、その手続きがとられた。

問題の客船が、ウラジオストックに着くまでの間に、ロシア政府と、話し合いがつくかどうか、わからない。

むしろ、つかないと思っていた方がいいだろう。

十津川も、東京の三上刑事部長に、事件の経過を、電話で説明した。

「ロシア政府に対して、犯人の引き渡しの要請か」

と、三上は、おうむ返しに、いった。

「そうです。こちらの県警も、働きかけると思いますので、よろしく、お願いします」

と、十津川は、いった。

「ロシア政府相手では、難しいが、とにかく、全力をつくしてみよう」

と、三上はいった。

三十日になり、ロシア政府から、回答が寄せられたが、それは、次のようなものだった。

〈客船「ロシア号」の船客について調べたが、ご照会のあった、フミヒコ・イケウチなる乗客は、乗船していなかった〉

「この回答は、信用できないね」

と、十津川は、亀井に、いった。

「池内は、ロシア号に、乗っていたのに、ロシア政府は、嘘の回答を、寄越したと、お考えですか？」

と、亀井が、きく。

「私は、一度、ロシアへ行ったから、わかるんだが、ソビエトの崩壊で、政治も、社会も、いぜんとして、混乱している。特に、中央と、地方が、ソビエト時代のように、統制がとれてはいない。地方が、中央のいうことを聞かなくなっているんだ。それに、今のロシアは、金で、何でも出来る社会だよ。モスクワが、ウラジオストックの警察や、税関に、入港したロシア号の船客について、問い合わせても、正直に報告するとは思えないんだ。池内が、大金を、ウラジオストックの税関なり、ロシア号の船長につかませれば、そんな船客はいないと、報告だってしかねない。それに、池内が、四億円の中、いくら手に入れたかは、わからないが、少くとも、一億円は、手に入れている筈だからね」

と、十津川は、いった。

十津川は、ロシア政府からの報告を持って、中田警部と、二人で、原田俊一の訊問に、当ることにした。

取調室で会った原田は、落ち着き払っていた。

「もう、話してもいいだろう。池内の乗ったロシアの船は、無事、ウラジオストックに着いたよ」

と、十津川は、いきなり、原田に向って、いった。それでも、原田は、黙っている。

十津川は、持参した報告書を、原田に見せた。

「これは、こちらから、池内の引き渡しを、ロシア政府に要請したことに対して、回答が寄せられたものだ。ロシアにしては、素早い回答だが、ごらんの通り、池内文彦という乗船客はいないというものさ」

十津川が、いうと、原田の顔に、初めて、微笑が、浮んだ。

「これで、君は、満足だろう？」

と、十津川は、きいた。

原田は、小さく、吐息をついてから、

「もう、喋るよ。何でも、聞いてくれ」

と、十津川と、中田に、いった。

「なぜ、今度の事件を引き起こしたんだ？」

と、中田が、きいた。

「おれは、二人の人間に、借りがあった。一人は、関越トンネル事故で死んだ檜山で、もう一人は、医者の池内だった。いつか、この借りは、返したいと思っていた。檜山が死んだと知って、おれは、檜山の仇を取ってやろうと考えた」

と、原田は、いった。

「檜山の死は、事故だよ」

と、中田は、いった。

「かも知れないが、おれは、関越トンネルに殺されたと思っている。おれと、同じように考えている女がいた」

「桜井由紀か？」

と、中田が、きく。

「ああ。彼女に会って、意見が一致した。彼女も、妹の仇を討ちたいと、思っていた。だから、一緒にやろうと、二人で、誓い合ったんだよ」

「池内を、仲間に入れた理由は？」

と、十津川が、きいた。

「彼は、医療器具購入の件で、失意のどん底にいた。それに、今もいったように、いつか、借りを返したいと、思っていたんだ」

「犯罪に引き入れて、それが、借りを返すことになるのか？」

「あの男は、生れが良くて、何の挫折もなく、医者になった。すんなりと、いき過ぎたんだな。それで、最初の挫折で、生甲斐まで失ってしまった。自棄《やけ》になっていた。おれは、彼に、生甲斐を与えたかった。彼は、前から、二つの夢を持っていたから、それを、実現させてやりたかった」

と、原田は、いった。

「オーストリアで、心臓手術の最新技術を勉強することと、アフリカの無医村地帯に、病院を贈り、そこで、働くことの二つか？」

「なぜ、知ってる？」

「日本の警察は、バカにしたものでもないだろう？」

「池内は、喜んで、君の犯行に、参加してきたのか？」

と、中田が、きいた。

「別に、苦しみながらということもなかったよ。おれは、今度の計画が成功したら、何としても、池内を、国外脱出させると、誓っていた。彼が、必要としている金と一緒にだよ」

と、原田は、いった。

「それで、われわれを、空港に引きつけておいて、その間に、池内を、船で国外へ逃がしたのか？」

と、中田が、きく。

「それでいいと、由紀も、いってくれたからね」

「日本道路公団から奪った四億円は、どうしたんだ？　どう三人で分配したんだ？」

「それはいえないね」

「東京で、森田みどりという女子大生を殺したのは君か？」

と、十津川は、きいた。

「そうだ。おれだ」

と、原田は、あっさり肯いた。

「旧天城トンネルの爆破のとき、顔を見られたから、殺したのか？」

十津川は、更に、きいた。

「ああ。彼女にとっても、おれにとっても、不運だったんだ。あの時、おれは、近くに誰もいないと思って、あの旧トンネルを、爆破しようとしていた。ところが、そこに、彼女が、友人と現われ、おれを見てしまった。だから、口をふさぐより仕方がなかったんだよ。おれだって、今度の計画で、殺人をやるなんて、思ってもいなかったよ。お互いに、不運だったんだ」

と、原田は、いう。

十津川は、厳しい眼になって、

「人を殺しておいて、不運で片付けるのか？　それに彼女は、君の後姿しか見ていない」

「だからといって、何といえばいいんだ？　申しわけなかったといえば、刑事さんが満足なら、頭を下げてもいいよ」

と、原田は、笑った。

「池内だがね、今頃、シベリア鉄道に乗っているか、飛行機に乗っているかわからないが、とにかく、目的地に向って、西への旅を続けていると思っている。だがね、われわれは、諦めないんだよ。どこまでも、追いかける。それが、警察というものでね」

十津川は、原田の顔を、見すえるようにして、いった。

原田の表情が、一瞬、怯えたように、こわばった。が、また、すぐ、元の、馬鹿にしたようなものになって、

「まさか、刑事さんが、彼を捕えに、世界中を、追いかけ廻すとでもいうんですか？」

と、いった。

「それも、悪くはないな」

と、十津川は、肯いてから、

「池内は、オーストリアには行けないよ。オーストリア政府には、すぐ、池内文彦のことを通知し、入国次第、逮捕して、引き渡してくれるように要請する。オーストリア政府は、この要請に、応えてくれる筈だ」

「なぜ、おれに、そんなことを話すんだ？　嫌がらせか？」

と、原田は、十津川を、睨んだ。

「事実をいっているだけだ。オーストリアは、駄目だとなると、残るのは、アフリカの無医村地帯だが、坊ちゃん育ちの池内が、果して、そんな場所が、耐えられるかね？」

十津川は、続けて、そう、いった。

原田は、それに対して、何もいわなかった。

原田の訊問がすむと、次は、中田と、桜井由紀の訊問に、当った。

彼女も、黙秘をやめて、喋るようになっていた。

「私は、今、後悔はしていませんわ。死んだ妹のために、何かしてやりたかったんです。それが、出来たから、満足なんです」

と、由紀は、いった。

「こんなことをして、死んだ妹さんが、喜ぶと、思うのか？」

と、中田が、怒ったように、きいた。

「それはわかりませんけど、私は、満足しているんです」

と、由紀は、いった。

「道路公団から奪った四億円は、どうしたんだ？」

と、中田が、きく。

「さあ、どうでしょう？」

と、由紀は、微笑する。

「四億円は、ほとんど、持たずに、新潟へ、やって来たんじゃないのか？」

と、十津川は、きいた。

返事はない。

「そうなのか。東京で、何処かへ送金しておいて、君は、新潟へやって来た。それも、君たちの計画の中に入っていたということか？」

と、十津川は、いった。

桜井由紀は、ただ、死んだ妹のために、何かやってやりたいということで、この計画に加わり、それで、満足している。

原田は、檜山と、池内に、借りを返すために、この計画を立て、それで、満足している。

そして、池内は、何処へ消えたのか？

年が明けたが、オーストリアには、現われなかった。

たった一人の容疑者を追うために、ヨーロッパや、アフリカに行くことは、許可されなかった。

二月になって、アフリカのザイールの奥地に、日本人によって、病院が建てられることになったというニュースが、伝わってきた。

十津川は、そのニュースに、関心を持ったが、詳細は、わからなかった。

ニュースの続報が、十津川の耳に入ったのは、夏が過ぎてからである。

病院は、完成に近づいているが、資金を出した日本人のドクター・イケウチは、熱病のため、完成を見ずに、死亡したというものだった。

その確認のために、十津川が、派遣されたのは、更に、一ヶ月後だった。

この作品はフィクションであり、作中に登場する人物・
団体・場所等は、実在のものとは関係ありません。

本書は一九九八年一二月に刊行された中公文庫『十津川警部　雪と戦う』の新装・改版です。

中公文庫

十津川警部《とつがわけいぶ》 雪《ゆき》と戦《たたか》う
——新装版《しんそうばん》

1998年12月18日 初版発行
2024年1月25日 改版発行

著 者 西村京太郎《にしむらきょうたろう》

発行者 安 部 順 一

発行所 中央公論新社
〒100-8152 東京都千代田区大手町1-7-1
電話 販売 03-5299-1730 編集 03-5299-1890
URL https://www.chuko.co.jp/

DTP ハンズ・ミケ
印 刷 三晃印刷
製 本 小泉製本

Published by CHUOKORON-SHINSHA, INC.
Printed in Japan ISBN978-4-12-207472-9 C1193

に-7-69
南九州殺人迷路 新装版
西村京太郎
桜島行のフェリー内で、西郷隆盛を尊敬する代議士の若手秘書が刺殺された。容疑は西本刑事の見合い相手に。恐るべき陰謀の正体に十津川警部が挑む！
207069-1

に-7-70
越後湯沢殺人事件 新装版
西村京太郎
名作「雪国」の街に林立するリゾート・マンションの一室で美貌の芸妓が殺害された。容疑者のアリバイと強大な権力の壁に、十津川警部が挑む！
207098-1

に-7-71
えちごトキめき鉄道殺人事件
西村京太郎
〈えちごトキめき鉄道・日本海ひすいライン〉の泊駅で起きた毒殺事件。被害者は、五年前の副総理暗殺事件の担当刑事で、退職してまで犯人を追っていた。
207142-1

に-7-72
松山・道後 十七文字の殺人
西村京太郎
「二人が死ぬ」「怨念」「血の匂い」。四国松山市の俳句ポストに投稿された不気味な句。投稿者の殺意を感じた十津川だが未曽有の殺人劇が開幕してしまう。
207183-4

に-7-73
京都感情案内（上） 新装版
西村京太郎
人間修業をしてこいと父親から1億円を渡され京都へ来た青年は、芸妓や弁護士、骨董の目利きらと知り合うが、都をどりのさなか彼の目前で殺人事件が！
207209-1

に-7-74
京都感情案内（下） 新装版
西村京太郎
都をどりに端を発した連続殺人事件。京都府警の捜査は難航する一方、密命を帯び身分を偽り連日お茶屋に通う十津川警部もまた、京文化の闇に翻弄される。
207210-7

に-7-75
高知・龍馬 殺人街道
西村京太郎
「現代の坂本龍馬」を名乗る者による連続殺人!! 次の狙いは原子力発電所の爆破か、現職総理大臣の命か？ 十津川は龍馬の足跡を辿りながら犯人を追う。
207405-7

や-15-18
在原業平殺人事件 新装版
山村美紗
西村京太郎
平安文学の研究者が、次々と毒殺される……。山村美紗の遺作を西村京太郎が書き継いだ、ミステリー界二大巨頭による伝説の合作。〈解説〉山前 譲
207238-1

各書目の下段の数字はISBNコードです。978－4－12が省略してあります。

あ-10-10　静かなる良人　新装版　赤川次郎
浮気をして家へ帰ると夫は血まみれで倒れていた。犯人探しにのりだした妻の千草は、生前気づかなかった夫の思いがけない一面を知る……。〈解説〉山前 譲
206807-0

あ-10-11　迷子の眠り姫　新装版　赤川次郎
クラス対抗リレーの練習に出かけた昼下がり、誰かに川に突き落とされた高校生の笹倉里加。病院で目を覚ました彼女に不思議な力が！〈解説〉山前 譲
206846-9

あ-10-12　いつもの寄り道　赤川次郎
出張に行ったはずの夫が、温泉旅館で若い女性とともに焼死体で見つかった。夫の手帳を手に入れ、事件の謎に近づく加奈子に危険が迫る！〈解説〉山前 譲
206890-2

あ-10-13　夜に迷って　赤川次郎
将来有望な夫と可愛い娘のいる沢柳智春。義父の隠し子や弟のトラブル解決に尽力するが、たった一度の過ちが噂になり追いつめられていく。〈解説〉山前 譲
206915-2

あ-10-14　夜の終りに　赤川次郎
三年前の殺人事件で記憶を失った母。別居中の父。殺人犯の夫が殺された矢先、娘の有貴が通り魔に襲われた。一家を陥れようとするのは……？〈解説〉山前 譲
206931-2

あ-10-15　招かれた女　赤川次郎
解決済みの女学生殺人事件の犯人が野放しになっていた。真犯人の似顔絵を探し始めた人々が命を狙われて――。傑作サスペンス・ミステリー。〈解説〉山前 譲
207039-4

あ-10-16　裁かれた女　赤川次郎
亡き父の秘密を探り無垢な子どもを狙うのは、闇に葬った罪を知る人？『招かれた女』から15年、さらに謎が深まるサスペンス・ミステリー続編。〈解説〉山前 譲
207107-0

あ-10-17　めざめ　赤川次郎
両親を惨殺された11歳の美沙は心を閉ざしてしまう。娘を救うため、〝母〟の願いが奇跡を起こす。親子の絆と再生を描く感動の長編小説。〈解説〉山前 譲
207332-6

あ-10-9
終電へ三〇歩 赤川次郎

リストラされた係長、夫の暴力に悩む主婦、駆け落ちした高校生カップル……。駅前ですれ違った他人同士の思惑が絡んで転がって、事件が起きる！

205913-9

こ-40-24
新装版 触発 警視庁捜査一課・碓氷弘一1 今野敏

朝八時、霞ヶ関駅で爆弾テロが発生、死傷者三百名を超える大惨事に！　内閣危機管理対策室は、捜査本部に一人の男を送り込んだ。「碓氷弘一」シリーズ第一弾、新装改版。

206254-2

こ-40-25
新装版 アキハバラ 警視庁捜査一課・碓氷弘一2 今野敏

秋葉原を舞台にオタク、警視庁、マフィア、中近東のスパイまでが入り乱れるアクション＆パニック小説。「碓氷弘一」シリーズ第二弾、待望の新装改版！

206255-9

こ-40-26
新装版 パラレル 警視庁捜査一課・碓氷弘一3 今野敏

首都圏内で非行少年が次々に殺された。いずれの犯行も瞬時に行われ、被害者は三人組で、外傷は全くないという共通項が。「碓氷弘一」シリーズ第三弾、待望の新装改版。

206256-6

こ-40-20
エチュード 警視庁捜査一課・碓氷弘一4 今野敏

連続通り魔殺人事件で誤認逮捕が繰り返され、捜査は大混乱。ベテラン警部補・碓氷と美人心理調査官・藤森のコンビが真相に挑む。「碓氷弘一」シリーズ第四弾。

205884-2

こ-40-21
ペトロ 警視庁捜査一課・碓氷弘一5 今野敏

考古学教授の妻と弟子が殺され、現場には謎めいた古代文字が残されていた。碓氷警部補は外国人研究者を相棒に真相を追う。「碓氷弘一」シリーズ第五弾。

206061-6

こ-40-33
マインド 警視庁捜査一課・碓氷弘一6 今野敏

殺人、自殺、性犯罪……。ゴールデンウィーク最後の夜に起こった七件の事件を繋ぐ意外な糸とは？　藤森紗英も再登場！　大人気シリーズ第六弾。

206581-9

こ-40-36
新装版 膠着 スナマチ株式会社奮闘記 今野敏

老舗の糊メーカーが社運をかけた新製品。それは——くっつかない糊⁉　新人営業マン丸橋啓太は商品化すべく知恵を振り絞る。サラリーマン応援小説。

206820-9

各書目の下段の数字はＩＳＢＮコードです。978－4－12が省略してあります。

と-25-45
新装版 雪虫 刑事・鳴沢了 堂場瞬一
俺は刑事に生まれたんだ——鳴沢了は、湯沢での殺人と五十年前の事件の関連を確信するが、署長である父は彼を事件から遠ざける。〈解説〉宇田川拓也
206821-6

と-25-46
新装版 破弾 刑事・鳴沢了 堂場瞬一
警視庁にやってきた了は署内で冷遇を受ける女性刑事・冴と組む。心に傷を抱えた二人が今、最高のコンビとして立ち上がる。〈解説〉沢田史郎
206837-7

と-25-47
新装版 熱欲 刑事・鳴沢了 堂場瞬一
青山署の刑事として現場に戻った了。詐欺がらみの連続傷害殺人事件に対峙する了の捜査は、ＮＹの中国人マフィアへと繋がっていく。シリーズ第三弾。
206853-7

と-25-48
新装版 孤狼 刑事・鳴沢了 堂場瞬一
行方不明の刑事と不審死した刑事。遺体の手には「鳴沢了」と書かれたメモ——最強のトリオで警察内に潜む闇に挑め。シリーズ第四弾。〈解説〉内田俊明
206872-8

と-25-49
新装版 帰郷 刑事・鳴沢了 堂場瞬一
殺人事件の被害者遺族に依頼された、父が遺した未解決事件の再調査。「捜一の鬼」と呼ばれた父を超えるため、了は再び故郷に立つ。〈解説〉加藤裕啓
206881-0

と-25-50
新装版 讐雨 刑事・鳴沢了 堂場瞬一
爆破事件に巻き込まれた了。やがて届く犯行声明。爆弾魔の要求は世間を騒がせた連続幼女誘拐犯の釈放であった。大人気シリーズ第六弾。〈解説〉内田　剛
206899-5

と-25-51
新装版 血烙 刑事・鳴沢了 堂場瞬一
恋人の子・勇樹が誘拐された。背後に揺れる大物マフィアの影。異国の地を駆ける了が辿り着いた事件の哀しき真相とは。シリーズ第七弾。〈解説〉安西京子
206909-1

と-25-52
新装版 被匿 刑事・鳴沢了 堂場瞬一
西八王子署管内で代議士が不審死。ろくな捜査もせず警察は事故と断じる。苛立つ了のもとに地検から秘密裏に協力の要請が。シリーズ第八弾。〈解説〉狩野大樹
206924-4

と-25-53
新装版 疑装 刑事・鳴沢了 堂場瞬一

保護した少年が失踪。やがて彼の父親がひき逃げ事件を起こしたことが判明した。少年を追う了を待つ衝撃の事実とは。シリーズ第九弾。〈解説〉倉田裕子

206934-3

と-25-54
新装版 久《く》遠《おん》（上） 刑事・鳴沢了 堂場瞬一

ターゲットは、鳴沢了。何者かに殺人の濡れ衣を着せられた了。潔白を証明するため、一人、捜査に乗り出すのだが……。刑事として生まれた男、最後の事件。

206977-0

と-25-55
新装版 久遠（下） 刑事・鳴沢了 堂場瞬一

謎の符号「ABC」の正体を掴むも捜査は行き詰まる。闘い続けた男の危機に仲間たちが立ち上がる。全てを操る黒幕の正体とは？ 警察小説の金字塔、完結。

206978-7

と-25-56
新装版 七つの証言 刑事・鳴沢了外伝 堂場瞬一

冴、海、勇樹、そして高城。了に関わる七人の目を通して描く「刑事として生まれた男」の真実とは。著者最大の人気シリーズ唯一の短編集。〈解説〉大矢博子

206991-6

と-26-9
SRO Ⅰ 警視庁広域捜査専任特別調査室 富樫倫太郎

七名の小所帯に、警視長以下キャリアが五名。管轄を越えた花形部署のはずが——。警察組織の盲点を衝く、連続殺人犯を追え！ 新時代警察小説の登場。

205393-9

と-26-10
SRO Ⅱ 死の天使 富樫倫太郎

死を願ったのち亡くなる患者たち、解雇された看護師、病院内でささやかれる『死の天使』の噂。SRO対連続殺人犯の行方は。待望のシリーズ第二弾！ 書き下ろし長篇。

205427-1

と-26-11
SRO Ⅲ キラークィーン 富樫倫太郎

SRO対〝最凶の連続殺人犯〟、因縁の対決再び‼ 東京地検へ向かう道中、近藤房子を乗せた護送車は裏道へ誘導され——。大好評シリーズ第三弾、書き下ろし長篇。

205453-0

と-26-12
SRO Ⅳ 黒い羊 富樫倫太郎

SROに初めての協力要請が届く。自らの家族四人を殺害して医療少年院に収容され、六年後に退院した少年が行方不明になったというのだが——。書き下ろし長篇。

205573-5

各書目の下段の数字はＩＳＢＮコードです。978－4－12が省略してあります。

と-26-19　ＳＲＯ Ⅴ ボディーファーム　富樫倫太郎

最凶の連続殺人犯が再び覚醒。残虐な殺人を繰り返し、日本中を恐怖に陥れる。焦った警視庁上層部は、ＳＲＯの副室長を囮に逮捕を目指すのだが——。書き下ろし長篇。

205767-8

と-26-35　ＳＲＯ Ⅵ 四重人格　富樫倫太郎

不可解な連続殺人事件が発生。傷を負ったメンバーが再結集し、常識を覆す新たなシリアルキラーに立ち向かう。人気警察小説、待望のシリーズ第六弾！

206165-1

と-26-37　ＳＲＯ Ⅶ ブラックナイト　富樫倫太郎

東京拘置所特別病棟に入院中の近藤房子が動き出す。担当看護師を殺人鬼へと調教し、ある指令を出すのだが——。累計60万部突破の大人気シリーズ最新刊！

206425-6

と-26-39　ＳＲＯ Ⅷ 名前のない馬たち　富樫倫太郎

相次ぐ乗馬クラブオーナーの死。事件性なしとされるも、どの現場でも人間と同時に必ず馬が一頭逝っている事実に、ＳＲＯ室長・山根新九郎は不審を抱く。

206755-4

と-26-45　ＳＲＯ Ⅸ ストレートシューター　富樫倫太郎

ついに1ｓｔシーズン完結⁉　悪魔的な連続殺人鬼・近藤房子、最後の闘い。怒濤の結末を見逃すな、大人気シリーズ第9弾！　文庫書き下ろし。

207192-6

あ-13-8　完全版　南蛮阿房列車（上）　阿川弘之

北杜夫ら珍友・奇人を道連れに、異国の鉄道を乗りまくる。ユーモアと臨場感が満載の鉄道紀行。上巻は「欧州畸人特急」から「最終オリエント急行」までの十篇。

206519-2

あ-13-9　完全版　南蛮阿房列車（下）　阿川弘之

ただ汽車に乗るためだけに、世界の隅々まで出かけた紀行文学の名作。下巻は「カンガルー阿房列車」から「ピラミッド阿房列車」までの十篇。〈解説〉関川夏央

206520-8

よ-5-8　汽車旅の酒　吉田健一

旅をこよなく愛する文士が美酒と美食を求めて、金沢へ、そして各地へ。ユーモアに満ち、ダンディズムが光る汽車旅エッセイを初集成。〈解説〉長谷川郁夫

206080-7